eye

守望者

——

到灯塔去

时光碎片
都柏林记忆

［爱尔兰］约翰·班维尔 著
金晓宇 译

南京大学出版社

献给哈利·克罗斯比

旅程(照片©道格拉斯·班维尔)

目 录

1 关于时间 ················· 1
2 西塞罗、维柯和艾比剧院 ·············· 37
3 巴格特奥尼亚 ··············· 50
4 在街头 ················· 82
5 登毗斯迦眺望巴勒斯坦 ············ 122
6 花园里的女孩 ··············· 150
7 重获时间 ················· 193

附录一 ··················· 219
附录二 ··················· 221
致　谢 ··················· 225
授权致谢 ················· 227

1 关于时间

都柏林从来不是我的都柏林,这使得它更加诱人。我出生在韦克斯福德(Wexford),那是一个小镇,当时比现在更小、更偏远,它的过去不为外人知晓。我的生日是 12 月 8 日,在圣灵感孕节(the Feast of the Immaculate Conception)那一天——我一直把这事作为一个例子,说明上帝在弄混出生日期这个问题上,实在是不太精明、太过荒诞。8 日常常既是宗教节日又是公休假日,来自外省的人们纷纷涌向首都,做圣诞节采购,同时,他们对都柏林的圣诞灯饰惊叹不已。因此,在 20 世纪 50 年代的前五年,我的生日乐事都是乘火车去都柏林,这件事我事先会盼上好几个月——事实上,我怀疑前一年的短途旅行一结束,我就开始期待下一年的旅行了。

我们将在冬日清晨的黑暗中从镇上的北站启程。我相信当时仍然有蒸汽火车,虽然柴油机车已是新事物。在昏暗和空荡荡的街道上行走多么令人激动,我的脑袋还因为没睡醒而恍恍惚惚,而等在我面前的是一整天的冒险。火车将从罗斯莱尔港(Rosslare Harbour)驶来,运载着从威尔士的菲什加德(Fishguard)来的夜班渡轮,走下来的乘客目光迷离,其中一半喝醉了,另一半表现出晕船的症状。我们将乘着火车咔嚓咔嚓地出发,我旁边的窗户像一面昏暗的玻璃镜子,我可以从里面端详自己阴森的映像,想象自己是一个秘密特工——在过去的间谍小说中,常常这样称呼间谍——登上了东方快车,身负绝密使命,前往黑暗而危险的东方。

我们会来到接近阿克洛(Arklow)的某个地方,这时黎明来临,霞光将霜白色的田野变成一片亮闪闪的云母粉色。

某些地方的某些时刻,看上去微不足道,却带着奇异的生动和清晰,印刻在我们的记忆中。奇异是因为,它们如此清晰、生动,以至于人们怀疑一定是他们的想象力把它们编造出来的:一句话,它们一定是人们想象出来的。在那些12月的旅行中,我记得,或者我确信我记得,火车

1 关于时间

在河湾的某个地方慢下来——那一定是阿沃卡河(Avoca river)——在我的记忆之眼中,我仍能清晰地看到这个地方,而且我的小说中也多次出现了这个地方,比如在《牛顿书信》(*The Newton Letter*)中,摘录如下:

> 在河的那一边,有一片平坦的田野延伸至一座树木繁茂的小山边缘,山脚下有一幢房子,房子不太大、孤零零的、四四方方,屋顶很陡。我会凝望那寂静的房子,在好奇心的驱使下,想知道那里面的人过着什么样的生活。谁堆放起柴火,挂起那冬青花环,在山上的白霜中留下那些足迹?我无法表达那一刻的快乐,奇怪,又令人心痛。当然,我知道,那些神秘的生活和我自己的生活不会有太大的不同,但这才是要点。我追求的并不是异域风情,而是平凡的人或事,那种最奇特、最难以捉摸的谜团。

当然,都柏林是平凡的对立面。都柏林对我来说,就像契诃夫的《三姐妹》中的莫斯科对于伊琳娜一样,是一个充满魔力的应许之地,令我饥渴而年轻的灵魂永远向往。

我比伊琳娜幸运,因为从韦克斯福德到都柏林的路程相对较短,只要我想经常去,就能如自己所愿。在贫穷的20世纪50年代,这座城市本身,也就是真正的都柏林——基本上是一个既没有吸引力又难看的地方,但是这并没有磨灭我对它的憧憬,甚至当我身处其中的时候,我也热望着它,以至于平凡的现实在我眼前不断地转换成超乎寻常的浪漫。没有人比一个小男孩更浪漫的了,正如罗伯特·路易斯·史蒂文森[1]比大多数人都更明白的那样。

......

过去是从什么时候成为过去的?那些以前仅仅是发生的事情要过多久才开始散发出神秘和超自然的光芒,标志它们已经真正成为过往了呢?毕竟,我们记忆中承载着的辉煌幻象,一度只是现在,平淡无奇、枯燥乏味、完全不值一提,除了一些时刻,譬如一个人刚刚坠入爱河、中了彩票,或者听到医生传达坏消息的时候。当我们把经验送进过去的实验室,是什么样的魔力才将其塑造和打磨出最后

---

[1] 罗伯特·路易斯·史蒂文森(Robert Louis Stevenson, 1850—1894),19世纪后半叶英国伟大的小说家。代表作品有长篇小说《金银岛》《化身博士》等。早年他到处游历,为创作积累了资源,后期致力小说创作,取得了极高的成就。——译注,后文皆同。

背影,珀西广场段大运河

所呈现的光辉？这些问题都只是一个问题；当我还是个孩子的时候，它们就让我着迷，那时，我第一次有了一个巨大的发现，即创造物不仅包括我和我的附属物——母亲、饥饿、偏爱干燥甚于潮湿等——而是，一方面包括我，另一方面也包括世界：由其他人、其他现象、其他事物组成的世界。

这么说吧，现在是我们生活的地方，而过去是我们梦想去往的地方。然而，即使它是梦，它也是坚实和持续的梦。过去是一个用绳子拴住和不断膨胀的热气球，使我们在空中飘浮。

然而，我再问一遍，过去是什么？现在必须经历什么样的嬗变才能成为过去？时间的炼金术在一个明亮的深渊里暗自蓄力。

……

韦斯特兰路车站（Westland Row Station）——多年以后，它才变成皮尔斯车站（Pearse Station）——基本上是一个巨大的被煤烟熏黑的玻璃穹顶，几座阴冷的站台，以及向下通往街道的斜坡。现在我才察觉，以往的12月8日，我们每次到这里时都在下雨。 它并不是外省猛烈的暴雨，

圣安德鲁大教堂,韦斯特兰路

而是只有在城市才能见到的那种,它的雨滴像中微子一样,细小又有穿透力,那些大批倾盆而下的亚原子,实际上是比亚原子还要小的粒子,在每一个瞬间快速穿过你、我和所有事物。这样的雨水与其说使人行道变得潮湿,还不如说使它们变得湿滑,所以人们脚踩滑溜的皮革鞋底在上面行走时,必须小心谨慎。

在车站出口处,我们左转到韦斯特兰路,立即看到赫然耸立着的在我看来是这座城市位置最为古怪的教堂之一——圣安德鲁大教堂,它就像是被一个天上的打桩机猛压进一排18世纪的房屋中间,那排房屋毫不张扬,也不受教会管辖。我总是觉得这幢建筑有点诡异,我现在仍然这样觉得:它那对特大号的仿科林斯式柱子、一扇巨大而冷漠的门,以及微微倾斜的屋顶;屋顶上站立着一尊圣安德鲁本人的雕像,圣安德鲁没有弟弟彼得名气大,他呆若木鸡、沮丧愤怒地做着手势,挥动手臂似乎在发出一个警告,告诫即将到来的大灾变,但无人理会。*

---

* 克里斯廷·凯西(Christine Casey)在她必不可少的"佩夫斯纳系列丛书"之都柏林建筑指南中,敏锐地评述了圣安德鲁教堂:"天主教徒解放运动之后,在都柏林很少有建筑物可以如此具象地唤起天主教中产阶级的热望。"——此为原书注,后文皆同

1 关于时间

在街道的尽头,过去有——现在也有—— 一家肯尼迪酒馆(Kennedys pub),萨缪尔·贝克特[1]在附近的都柏林圣三一学院读本科时经常在此喝酒。左转弯,然后马上右转,我们将进入梅里恩广场(Merrion Square),那里的一号楼是乔治王时代艺术风格的有露台排屋的建筑典范(至少在外表上看是如此),奥斯卡·王尔德即出生于此。他的父亲是威廉·王尔德(William Wilde),一位"杰出的医生",就像人们过去常说的那样。奥斯卡的母亲是出了名迷人的简·弗朗西斯卡·王尔德(Jane Francesca Wilde),她的娘家姓埃尔吉(Elgee),她在19世纪40年代以笔名斯佩兰萨(Speranza)为"青年爱尔兰"(Young Ireland)成员所办的报纸《民族报》(*The Nation*)撰写爱国诗歌。她的诗如此激动人心,以至于在某个动荡的时期,她差点被指控煽动叛乱,投入监牢。

我几乎不需要说,在我正在记述的那段时间,我对那些事情一无所知。我怀疑我当时甚至没有听说过可怜的奥斯卡,而今天有一座造型极其丑陋、着色俗不可耐的雕

---

[1] 萨缪尔·巴克利·贝克特(Samuel Barclay Beckett,1906—1989),爱尔兰著名作家、评论家和剧作家,诺贝尔文学奖得主。1927年毕业于都柏林圣三一学院,获法文和意大利文硕士学位。他以创作荒诞派戏剧闻名,代表作品有《等待戈多》等。

像纪念他,雕像中的他正不合礼节地躺卧在栅栏后面的一块岩石上,位于他诞生地的对面广场的一角。我们竟认为我们可以自由地拜访逝去的名人,这是何等的侮辱!我们以萨缪尔·贝克特——这位最热爱和平的人——的名字命名一艘炮艇,而《尤利西斯》的零星片段,用浮凸字体雕刻在微型黄铜板上,嵌入都柏林的人行道,供大家踩踏。

我在这里停下来惊奇地思索,在几个世纪里,很多事情都是相互联系的,尽管这种联系太过微弱,却令人惊讶不已。简·"斯佩兰萨"·王尔德的父亲是韦克斯福德的一名律师,而不久前我在巴黎投宿的酒店房间,正是她的儿子奥斯卡最终断气之所,当时他因为债务不堪重负,同时抱怨着糟糕的墙纸。世界是偌大的一个地方,但有时似乎的确小得令人起疑。

在我最早进行生日之旅的时期,我的南姨妈(Aunt Nan),我母亲的姐妹——她的整个成年生活都是在都柏林度过——住在珀西广场(Percy Place)一套小小的单元房里。*单元房位于一幢现在早已消失的房子的底层,我记得

---

* 我一直觊觎珀西广场二号楼,它是紧挨着休班德桥(Huband Bridge)的一幢小砖房,俯瞰运河船闸,垂柳成荫。最近我发现,这幢房子和其他两幢是由萨缪尔的父亲威廉·贝克特建造的,而萨缪尔和他的兄弟弗兰克共同继承了这三幢房子——似乎至少在二号楼的房契上,记载有兄弟俩的名字,一直到20世纪70年代。嗯,好吧……

它最清楚的一个特点：一进前门，你不得不沿着陡峭的台阶从一条小道下到门厅里，即使长大后我通过得相当轻松，我也总是觉得这是一种令人害怕的动作。童年充满了无名的忧虑和恐惧。

在楼上的单元房里——那时候，它们一直是单元房，从来不是公寓，不管它们有多宽敞或豪华——住着一个喧闹的大家庭，他们姓雷克，我想他们的姓氏古怪而迷人。雷克家的一个孩子，一个留着长发卷、有着粉红色的膝盖、骨节凸出、假小子似的女孩，是我人生中的第一个暗恋对象。我经常在昏暗肮脏的门厅里充满渴望地闲荡——门厅里散发着煮茶的气味和"泔脚"的恶臭——希望能够一瞥那神圣不可侵犯的爱人，当她穿着大大的校鞋"噔噔噔"地从楼梯上走下来，她的长发卷上下跳动时。我怀疑她甚至没注意到我——面如土色地躲在那里，心里揣着不善表达的思念——丘比特箭下较为早熟的受害者之一。

街道的另一边是一排六幢房子，它们一定是在那个时期新建的；它们是中产阶级的居所，带有凸窗和闪闪发光的黄铜门环。诺曼·雪利（Norman Sherry）在他撰写的篇

梅里恩广场一号楼

乔治王时代艺术风格的大门,梅里恩广场

幅浩大的格雷厄姆·格林[1]传记中,讲述了一则和那排房屋有关的奇妙轶事,那排房屋本来看上去是非常体面和正派的。20世纪50年代早期的某个时候,格林那位出生于美国的情人,美丽活泼的凯瑟琳·沃尔斯顿(Catherine Walston)——极其富有的英国商人哈里·沃尔斯顿勋爵(Lord Harry Walston)的妻子,在这些房子的某一幢里住了一段时间,那段时间,她在自己的衣服下面塞上一个垫子,以给人留下一种怀孕了的印象。这似乎是因为她丈夫的一位女情人在爱尔兰怀着孩子,而凯瑟琳作为一个大度的妻子,已经同意假装那个不合时宜的婴儿是她的。她来到都柏林,展示她凸出的假大肚子,秘密地陪着那个女人分娩,然后把那个女人生下的小男孩带回英国,好像他是她自己的儿子。*Autres temps, autres moeurs*[2]。

我想也是在这个时候,沃尔斯顿夫人——据她的一个情人说,她"对牧师有特殊好感"——遇见了多纳尔·奥沙利文神父(Father Donal O'Sullivan)。他是一位有趣的耶稣会士,后来他将成为艺术委员会的主席,妒火中烧的格

---

[1] 格雷厄姆·格林(Graham Greene, 1904—1991),20世纪大师级作家,获21次诺贝尔文学奖提名。67年写作生涯,创作了20多部小说,代表作品有《恋情的终结》《命运的内核》等。
[2] 法国谚语,意为时代不同,风俗各异。

林给他起了个绰号"臭鼬伯格"。凯瑟琳和这位牧师大人有了婚外情,或差不多那样的事儿——由于当时爱尔兰的法律禁止使用避孕药具,那些日子的性生活,几乎经不起别人的猜测。当然,这对男女每年一起在威尼斯度假,并且据说在她的都柏林单元房有过频繁幽会——在珀西广场?我真希望如此。

我想知道,当沃尔斯顿夫人住在这儿时,她是否遇到了城里另一位品德有问题的牧师,康·李神父(Father Con Lee),韦斯特兰路那座没有尖顶却依然高耸的圣安德鲁大教堂的助理牧师。他是个时髦的家伙,穿着剪裁精良的牧师服——他的全名是科尼利厄斯·弗劳利·李(Cornelius Frawley Lee),他的家族在托马斯街拥有一家弗劳利百货公司,一度大受欢迎、非常成功——用黑檀烟嘴吸烟,还炫耀一根珍珠柄手杖。我的姐姐认识他,并告诉我说,大概是因为他黑色、时髦的打扮,流浪在韦斯特兰路街头的儿童给他起绰号"蝙蝠马斯特森"。他自以为是个文学人物——他在诗人约翰·蒙塔古的回忆录中短暂地出现过,后者记录了这位不虔诚的牧师一天傍晚去赫伯特广场的公寓简短拜访他和他的妻子。他是都柏林三一学院的第一位天主教礼拜堂牧师。大主教约翰·查尔斯·麦奎德(John Charles McQuaid)——此人想起来就叫人憎恶——将他召唤到大主教宫(Archbishop's Palace),告知他这个任命,并威胁说,这是一个非正式的委派,如果有什么"麻烦"——他没有具体说明哪一类——李神父只有"靠他自己"了。凯瑟琳·沃尔斯顿一向喜欢将那些品行不端的神职人员收入囊中,康·李不正是那种人吗?

当我准备沿着陡峭的台阶下到我的南姨妈位于珀西广场的单元房的门厅时,我可能在全然不知的情况下瞥见沃尔斯顿夫人,而她的连衣裙下面塞着一个垫子,这么想来感觉多奇怪。

母亲、姐姐和我——那些生日之旅,我可不认为父亲会陪我们一起——将在上午十点左右抵达珀西广场,旅途之后浑身邋里邋遢,被雨淋得湿透了,味道闻起来像绵羊。南姨妈会准备一个生日早餐招待会——"早午餐"这个词还没有被强加到语言中——有香肠、咸肉薄片、煎鸡蛋和炸面包,用一杯杯柚木色的茶水冲下肚。茶水浓得足以——正如我母亲说的那样——让老鼠小跑起来。还有从凯勒莫尔面包店买来的巧克力奶油蛋糕,上面还用白色的糖霜勾勒出我的名字。

我的姨妈是个老处女,这个词当时仍然流行——我一直更喜欢使用听上去更文雅的"未婚女士"这一词——即使如此,我也不愿意,或者不敢过多细想她孤独的生活中那些令人悲哀的事情,后来,20世纪60年代初期,我在上山街(Upper Mount Street)拐角处与她共住另一套单元房时,我也没有采取任何措施来缓解她生活的悲哀。要知道,南姨妈根本不悲哀:她有一种颠覆性的幽默感,对所有骑在我们平民大众头上的当权者都暗自耻笑、不屑一顾。我记得,她对我们当时的总理,或首相,埃蒙·德·瓦莱拉(Éamon de Valera)——昵称"德夫"(Dev)——尤其抱有愤愤不平的蔑视,他曾经是执政的爱尔兰共和党(Fianna Fáil party)的领导人,也是1916年起义中的老兵。他不少的政治对手认为,是他的美国公民身份把他从行刑队的枪下救了出来,这真是不幸。至于德夫到底做了什么,招致我姨妈的轻侮,我说不上来,但我确实清楚地记得,在说出"那一长串苦难"的名字时,她撇嘴的样子。

玩具枪。我酷爱玩具枪。前一阵子,我清点了我的军火库,发现总共有24把各式各样的枪:六发式左轮手枪、自动手枪、"激光枪"、仿"史密斯和韦森牌周六夜特别款"(Smith & Wesson Saturday Night Special)、大口径短筒手枪、燧发枪,以及我最喜欢的著名的温彻斯特 73 步枪(Winchester'73 rifle)的微型复制品(但却是精细仿真版)。在 1950 年与后者同名的西部片中,林·麦克亚当(詹姆斯·斯图尔特饰)最终用它射杀了"荷兰人亨利"·布朗(斯蒂芬·麦克纳利饰),然后与他的心爱之人定居下来,她名叫洛拉,一位酒吧女郎(谢莉·温特斯饰,我的另一个早年无望的恋爱对象)。吃了太多块凯勒莫尔蛋糕后有些反胃,但心情还是非常兴奋。这时,我会打开南姨妈的礼物,礼物永远都是某种玩具武器。不过,有一年她送给我一艘塑料潜艇,我可以放在浴缸里航行,航行获得了巨大成功,但它并不是我盼望的手枪。

我们吃过时间不早的早餐之后,开始"进城"游览。我想我们会乘 10 路公交车从巴格特街(Baggot Street)到市中心。

猝不及防,在回想起巴格特街桥时,我停顿了一会儿,细想北向的风景——是北向的吗?——沿着大运河(Grand Canal)一直到休班德桥以及更远。我想,我们所有人心中都有一个特殊的地方,那是一个私人的天堂,如果我们死后必须去一个地方,我们都希望是那里。对我来说,从巴格特街下至下山街(Lower Mount Street),那片宁静的水面、沙沙作响的芦苇和深棕色的纤道,是我知道的最可爱的水景,甚至胜过意大利威尼斯的大运河,虽然那里有用柔和的颤声歌唱的贡多拉船夫。我从最早的时候开始就知道巴格特奥尼亚地区(Baggotonia)——当地居民如此亲切和自豪地称呼它——而且,最终我还无比好运地住在那里,度过了我认为必须视作我的"性格形成期"的那些年。我认为:这是我一生中较幸运的福分之一。

是的,我知道,帕特里克·卡瓦纳[1]在我之前就提到了这条运河,我愉快地向他的魂灵承认这一点。我本打算,在这里只引用他关于这个主题的最著名的一首诗的开头片段,但是当我重读它时,我发现它是如此优美,以至于我决定必须把它完整地抄下来。

在都柏林大运河旁的座椅上写下的诗行

献给德莫特·奥布赖恩夫人
哦,在有水的地方纪念我,
最好是运河水,它静静地流淌

---

[1] 帕特里克·卡瓦纳(Patrick Kavanagh, 1905—1967),爱尔兰诗人,一生创作许多诗歌,1967年荣获大不列颠艺术委员会颁发的奖章。早期诗歌充满浓郁的乡土气息。

在盛夏的季节,绿波荡漾。哪位兄弟
在纪念我,在那优美的
船闸旁,咆哮着像尼亚加拉瀑布一样的河流,
瀑布,为那些七月中旬静静坐在那里的人们倾泻而下。
当有人到达了这些诗学的岛屿,
他就不会把想说的写成散文。
一只天鹅游过,低着头,带着许多歉意,
奇妙的光线透过桥梁的眼睛——
瞧!一艘驳船来了,从阿赛
和其他遥远的城镇,带来神话。
哦,不要用英雄那勇敢的坟墓纪念我——
只需运河岸旁供过路人小憩的座椅。

诗人实现了他强烈期盼的心愿——事实上,是双倍满足了他的愿望,因为运河边不是有一处而是有两处座椅用来纪念他,这肯定会让那执拗的怪老头露出欣慰的笑容。

建造纪念座椅的想法最初是由已故的约翰·瑞安(John Ryan)于1967年提出的,他是一位艺术家、杂志编

都柏林大运河旁的座椅

辑、评论家,最让人意想不到的,他还是一位酒馆老板——他拥有"贝利"(Bailey),公爵街一家时尚的"艺术"酒馆兼餐厅,至今兴旺依旧——在他那个时代,他一度是个人物。正如他在都柏林回忆录《记住我们如何站立》(*Remembering How We Stood*)中提到的那样——考虑到他描写的那帮人的酗酒习惯,有个爱说笑的人评论说,一个更准确的书名应该是"忘记我们如何蹒跚"——瑞安和他的朋友丹尼斯·德怀尔(Denis Dwyer)成立了一个委员会,目的是建造一个纪念座椅。瑞安写到,委员会相当奇怪地在星期天上午开会,地点在奥蒙德,"那家流溢着闪闪发光和赋格曲格调的乔伊斯记忆的饭店"。由于担心不可避免的"分歧"——正如布伦丹·比汉[1]所说,这总是任一爱尔兰政治或社会运动的首要议题——瑞安和他的同事们给自己定了一个最后期限:1968年3月17日。"爱尔兰人只能依照最后期限来安排工作,"瑞安评论说,"在无限时间的枯燥乏味中,他们的希望和抱负会像清晨的薄雾一样散去。"

座椅是由艺术家迈克尔·法雷尔(Michael Farrell)设计。"他的方案是以我在'贝利'吧台的一个杯垫上画的草

---

[1] 布伦丹·比汉(Brendan Behan,1923—1964),爱尔兰作家,以朴实的讽刺文章和强有力的政治评论而闻名。

图为基础的。"瑞安说。座椅是由米斯郡(County Meath)的橡木和都柏林山脉的花岗岩制成,卡瓦纳的诗行由雕塑家约翰·卡伦(John Cullen)刻在石头上。材料和制作的费用是通过捐款支付的,捐款者包括英国诗人约翰·希思-斯塔布斯(John Heath-Stubbs)、未来的爱尔兰总统卡罗尔·奥德利(Cearbhall Ó Dálaigh),以及都柏林新教大主教乔治·奥托·西姆斯博士(Dr. George Otto Simms)等人。我们看到,卡瓦纳的作品具有广泛的读者群。

令人惊讶的是,座椅的建造如期完成,1968年3月17日的圣帕特里克节,一小群人聚集在一起,庆祝在巴格特街桥下的纤道上的座椅的安装落成。* 艾比剧院(Abbey Theatre)的演员们朗读诗人的作品,据瑞安说,他们当中没有一个人眼睛不湿润的。出席的神父不少于三人——很久之后,骇人听闻的神职人员虐待儿童事件被揭发出来,神父们不得不躲藏起来,或者至少不得不穿便服——座椅得到了上帝的充分祝福,上帝按照人们恳求他的那样去做了,多年来保护着座椅的安全,座椅今天还在那里,很好地

---

* 如果我当时没有去加利福尼亚州的伯克利,混在非洲式发型、身穿薄纱棉布、骚乱的人群中,我肯定会出席这个场合的。

经受住了风雨,一如既往地能供人小憩。正如约翰·瑞安用优美的词句形容的那样:

> 在盛夏季节,当杨树和山毛榉混乱的树叶挤满了天空,天空、树木和水似乎融合在一个颤抖的统一体之中。从他的座位上,你会看到运河水"像尼亚加拉一样"坠入船闸,当你抬起头时,你的视线将被引导到半英里外的运河上游,直到你看见尤斯塔斯桥眨动的眼睛。然后,这一切的巨大美感触动了心灵。在这样的时刻,一个人可以承认,某个诗神(现在是诗人的朋友)正在主宰这个场景。

另一处座椅——上面懒洋洋地坐着一个真人大小的戴眼镜的诗人的铜像,看起来落拓不羁同时又极为怪异,该铜像出自雕塑家约翰·科尔(John Coll)之手——由总统玛丽·鲁滨孙(Mary Robinson)于1991年夏天"揭幕",如果一个座椅可以用"揭幕"这个词的话。不知怎的,你可以猜出卡瓦纳会喜欢哪一张长椅。

1 关于时间

......

"天才,"波德莱尔评论说,"无非是精确阐述的童年。"我相信,这位伟大的法国颓废派艺术家——他在这里评论的是同样颓废的英国散文家托马斯·德·昆西(Thomas De Quincey),《一个英国瘾君子自白》(*Confessions of an English Opium-Eater*)的作者——打算让"天才"一词在这个语境中被理解为"守护神"。古希腊人相信它存在于每个人身上:他的性格,甚至他的本质。如果波德莱尔是正确的,那么从某种意义上说,童年从未终结,而是存在于我们身上,不仅仅是作为记忆或记忆的复合体,而是作为我们内在本质的一个重要组成部分。每个艺术家都知道这一点,因为对于艺术家来说,童年和童年时对事物的概念,是常被称为灵感的东西的深层来源:原因之一在于我们尚是孩童时,第一次把这个世界看作神秘的事物。可悲的是,长大的过程是把神秘变成平凡的过程。我们不再对事物感到惊讶——天空、四季变换、爱情、其他人——只因为我们已经习惯了它们。

设想一个来自与我们完全不一样的遥远星球的人,他的政府正不怀好意地考虑长期占领地球的可能性,他被派到这里全面考察地球及其居民,然后向政府汇报。他快速地侦察四周——他具有快得惊人的观察、吸收能力——他正在对他的报告做最后润色,这时开始下雨了:水,从天上落下来!或是有人打喷嚏,这突然发作的是什么?或是有人打哈欠,这无声的尖叫是什么意思,而且为什么周围的人们对这种景象不感到惊讶和恐惧?我们的外星人当场意识到,他将不得不撕毁并重新起草自己的报告,因为这个地方远比他最初认为的要奇怪得多。

孩子,就像那个收集情报的外星人一样,存在于一种不断重复发生的惊讶状态——每隔一刻,他就会遇到一些不同寻常的新事物——但是最终他的感觉变得模糊了。不幸的是,正如我们所说的那样,某一时刻到了,他见识了一切。但我们没人见识过一切:一切如新,每一次都是第一次。我们不是长大,我们所做的只是变得迟钝。

所以,在春天潮湿的天气里坐在这儿写这本准回忆录的七旬老人,也是在很久以前12月的某天,饱食了香肠、咸肉薄片和凯勒莫尔蛋糕后,乘坐10路公交车前往市中心——或者说An Lár[1],就像公交车前面的说明指示牌写的那样——的那个孩子。我回过头来,看到一个七岁的陌生人,但他又是我。可那怎么可能呢,我是那个孩子,那个

---

1 爱尔兰语,意为中央。

1 关于时间

孩子是我？这个问题萦绕在哲学家维特根斯坦的心头,他把它与其他类似的难题相提并论——玫瑰在黑暗中是红的吗？如果狮子能说话,我们能听懂吗？——他尝试过,却未能解决这些难题,令人着迷的失败。*

一个人老了之后,和他还是小孩的时候,他们是同一个人吗？在我的眉间有一块小小的白色锯齿状疤痕,那是我四五岁时遭遇一次不幸事故后留下的。有一天,在我出生的韦克斯福德,我跑过信仰广场(Faythe),那个名字相当古怪的广场——实际上它是楔形的——撞在一个边缘锋利的木桩上,它支撑着一棵新栽种的树苗。几年前,我回到信仰广场去看看那老地方,惊奇地发现那里有一片茂盛的成熟树林。我感到困惑,因为在我看来,它们似乎已经站立了好几个世纪。"啊,不,"我姐姐轻轻地告诉我,"它们的年纪只差不多和你一样大。"我惊呆了,用手指摸了一下额头上的疤痕,心想:当这些树被栽种的时候,我就在这里的,我活生生地在这里!

---

* 在格拉斯内文植物园的棕榈屋里有一块牌匾纪念维特根斯坦。20 世纪 40 年代末,这位哲学家住在都柏林,在那里他有一个好朋友——莫里斯·德鲁里医生(Dr. Maurice Drury),圣帕特里克医院的精神科咨询医生。维特根斯坦投宿于罗斯旅馆——现在的阿什林旅馆——那里有他的另一块纪念牌匾,他在比尤利餐厅或动物园的议员餐厅吃午饭,有时坐在棕榈屋温暖的台阶上工作。

像华兹华斯声称的那样,儿童是成人之父吗?如果是这样的话,那么在晚年有这种想法,即出生伊始的孩子竟是自己多年后的父亲,这不是荒诞不经的念头吗?

过去什么时候成为过去?

……

奥康奈尔街(O'Connell Street)在20世纪50年代达到它的鼎盛期,后来它变成了拉斯维加斯一条较肮脏和偏僻的霓虹灯带的复制品。当时,那里生长着真正的树木,英国梧桐,其中一些可追溯到19世纪。十年前,它们被全部清除,取而代之的是矮小瘦弱、毫无特色的植株,看上去好像是塑料制品。纳尔逊柱(Nelson's Pillar)仍然屹立,雄伟但不协调。公交车沿着街道两旁隆隆行驶,像大象一样吼叫着,车身涂成苔藓绿色,车内后部有一个敞开的平台,当车辆起步或颠簸着停下时,人们可以忽略售票员疲惫的重复警告,抓住一根光亮的银色杆子,惊心动魄地跳上跳下。有一天,我目睹了一位女性化的年轻人,像过圣诞节一样穿得稀奇古怪,当公交车停下来时,他像跳芭蕾舞一般迈下其中一辆。汽车停稳后,售票员——一个身材矮小的家伙——出现了,挥舞着一把收拢的雨伞。"嘿,仙

都柏林尖塔(The Spire),奥康奈尔街

女!"他在正要离开的花花公子身后讥讽地叫道,"你忘了你的魔杖!"年轻人停下脚步,转过身,走回去,接过雨伞,用雨伞的顶部轻敲奚落他的人的肩膀,说道:"变成狗屎,邪恶的侏儒!"在那些不太理解并包容同性恋的时代,同性恋者真是幽默源泉,令我们捧腹大笑。

格拉夫顿街(Grafton Street)有"斯维茨尔"(Switzer)和"布朗·托马斯"(Brown Thomas),但这些高端的顶级百货商场是给富人用的;我们这些多少属于下层社会的人,不得不满足于奥康奈尔街的"克利里"(Clery)。"克利里"肯定是这些岛上最大的百货公司之一,有很多楼层,数英里长的柜台,透着无法遮掩的破旧气息,但我们也乐意接受。我记得光秃秃的地板,但是这一点我一定是弄错了,因为那儿至少会有油地毡。这家商店的男性员工主要是中年男人,他们分为两种:有些人十分有趣,擅长讲些有伤风化的俏皮话——"这松紧带经久耐用,夫人!";还有些思想不集中的,看上去似乎还带着些许绝望的人,我觉得他们的样子像是有教养的囚犯,正在急切地期待能因表现良好而早日获释。他们的女同事穿着黑色衣物:黑色的裙子、黑色的套装毛衣、高度适中的黑色皮鞋。她们动作麻利、称职能干,有几分殉道者的风范,活像一群世俗的修女在操办修道会。

我们的第一站是珠宝部,每年母亲都会在那里为我买一只 16 便士的手表作为生日礼物。这些小计时器令我陶醉、让我着迷:它们的皮带有财富的气味,据说它们的内部机件中嵌有红宝石——真正的红宝石!我们买得起的那些是属于这系列产品中相当低端的产品。如果我够走运,到第二年年初,它们还能分秒不差,然后就没法控制自己的速度,要么似乎疲惫不堪地走得极慢,要么提前几个小时,狂热地嘀嘀嗒嗒走得飞快。当它们终于寿终正寝后——这通常在二月中旬——我又会偷偷从我母亲梳妆台的抽屉里借用她那块优雅的欧米茄小手表,因为让我在同学中间像一个穷光蛋露出光秃秃的手腕是不可想象的。

购买手表的仪式结束后,我要忍受一段枯燥乏味的时间,没精打采地跟在我母亲、姨妈和姐姐的后面,看她们忙着做当天最主要的事情,购买在我看来沉闷得无可救药的圣诞礼物。百货公司的衣架上很少有能让一个小男孩高兴的东西,即使他有一只闪亮的新手表可以炫耀。没错,他可以向紧身衣销售部的人体模型抛媚眼,还可以仿佛不经意地用手背掠过一架子凉爽而脆硬得令人兴奋的尼龙衬裙。他也可以幻想凯瑟尔·邦多尔女士——"女式贴身内衣裤!家常服!胸罩!"——匆匆把他带走,他满心喜悦,

克里利百货公司的门牌,奥康奈尔街

毫不反抗,任自己被掳到她的闺房。这个可爱的尤物,画在一个直立的硬纸板牌子上,是一位身材高挑、杨柳细腰、嘴唇深红的美女,不知羞地展示着她长筒袜的上部,以撩人的姿态在我童年时代的许多幻梦中大摇大摆地走过,当我在过往悸动的回忆中想起她时,她甚至——或许可能为了我好、为了挑逗我——抖动着她那匀称的腿。*

款待、款待、更多的款待。在奥康奈尔街,至少有两家冰激凌店,"百老汇"与"棕榈滩"——我听说餐厅评论家保罗·图利奥(Paolo Tullio)的家族拥有其中一家,或者也许两家都归他们所有——毫无疑问,在某些人眼里,它们是廉价和俗气的场所,但对我们来说,它们就像加州一样多姿多彩。我更喜欢"棕榈滩",为了它极好的"荷兰裔纽约人荣耀"冰激凌——我仍然可以看见它闪闪发光的深红色糖浆,沿着玻璃杯的侧面,呈蛇行运动,更确切地说像蜗牛一样慢慢滴淌下来——为了它的"忧郁宝贝",以及听起来越发不得体的"香蕉半剖条"。奇怪的是,我只记得被我哥哥带到那里,那时他是个十几岁的少年,而我还在穿短裤。是我想象的呢,还是"棕榈滩"上确实每张餐桌旁都有一台

---

* 在互联网遥远的星系中,仍然可以看到她在闪烁,像往常一样身着华丽长裙,摆出各种优雅的引人遐想的姿势。

投币的自动点唱机,你可以投入一枚硬币,然后选择一首最喜欢的曲子? 我哥哥欣赏当时较为高雅时髦的流行歌手:弗兰克·辛纳特拉(Frank Sinatra)、多丽丝·戴(Doris Day)、佩里·科莫(Perry Como)、纳特·金·科尔(Nat King Cole)、罗丝玛丽·克鲁尼(Rosemary Clooney)、墨迹斑斑乐队(the Ink Spots)、特丽莎·布鲁尔(Teresa Brewer)……

音乐! 音乐! 音乐!

在那些漫长的生日时光中,除了在南姨妈单元房里吃早餐,下午晚些时候在雨水冲洗过的奥康奈尔街吃杯用高脚玻璃杯盛的冰激凌,我一定还吃过其他东西。也许在艾比街的温斯酒店吃了午餐——我们称之为正餐,经常出没在那里的有喝着威士忌、大声喧哗的神父,还有头戴软毡帽的形迹可疑的人,以及形只影单、满眼憧憬但不再年轻的女士,穿着有缝长筒袜和华丽的上衣,坐在吧台,面前摆一杯杜松子酒加"汤力水"[1],指间夹着一支香烟,香烟的唇端染成了红色,以别致的角度出没在没戴戒指的左手指间,格外引人注目。

---

1 汤力水(Tonic Water),最初作为药物使用,后成为热门的鸡尾酒配方。

餐厅里,在被烟草烟雾熏成忍冬黄色的天花板下,"正餐"将是一碗米黄色的汤,接着是一个灰白色的大盘子,上面扔着两三片灰褐色的厚牛肉,一旁的蔬菜煮得几乎毫无生气,丝毫不见原先绿油油的模样,上面涂了层像蛋奶沙司的某种东西,再来几杯茶水(那茶水的颜色像在沼泽水中淹没了好几个世纪的树干),整个用餐才算圆满——或者说"才有种宾至如归的感觉",正如乔治·奥威尔说的那样。

12月接近圣诞节时,白天很短,结束时有一种软软的虚脱的感觉。我喜欢都柏林那些夜晚的忧郁,尽管它们沉重地压在我幼小的心灵上。夜晚的火车站总是悲伤难耐,当返回韦克斯福德的旅程开始,火车驶出韦斯特兰路时,我不得不把脸转过去,紧贴着车窗,不让我的母亲和姐姐看见我的眼泪。我现在看到的反射在镜子里的不是潇洒奔波的间谍,只有一个又哭又闹的小男孩,他的心里充斥着悲伤。也说不上为什么或究竟什么原因,我泣不成声,满是苦闷。我紧握拳头、闭紧嘴巴,防止不自觉地发出啜泣声,但现在回想起来,我想那是因为有些东西正在结束,像马戏团的帐篷那样,正在被折叠起来。简而言之,它们正在成为过去。

韦斯特兰路火车站

2 西塞罗、维柯和艾比剧院

我的朋友西塞罗了解的都柏林,是一个很少有人意识到或忘记的曾经存在过的都柏林。他搞了一辈子的开发、建设和收藏,积累了大量关于隐秘之城的神秘知识——虽说隐秘,却是目光所及之处。他能告诉你去北海岸的哪家酒馆,能在酒吧的墙上找到都柏林湾所有的灯塔和灯塔船的海图,连同它们的信号序列。他能告诉你在哪里可以找到被摧毁的纳尔逊柱的碎块,以及海军上将本人头颅的下落。如果你好好请求他,他会带你去参观极为破旧的房屋遗迹,他坚称那些房屋是,或者说曾经是,这座城市尚存的乔治王时代艺术风格的房屋中最美丽的。在辉煌岁月之后,这些房子容纳了——如果可以用这个词的话——几十户穷人家庭,这些家庭全部混杂在难以掩盖其雄伟的、有着高高的天花板的房间中,他们的困苦难以想象。他是都柏林港区复兴的主要推动者之一,音乐场所和剧院的创建者,一个有品位和敏锐洞察力的人,以及在发现真正的古迹方面,他是一个本土天才。* 在掘墓人酒馆,人们轻触帽檐向他致敬。他知道布拉德·斯托尼[1]是谁,以及为什么苦难山(Misery Hill)被称为苦难山。我多么幸运,有他这么一位朋友,现在他还是我游览隐秘之城的向导。

……

这是五月的一个明亮美好的早晨。阳光透过平纹细布一样的薄雾发出微弱而稳定的光,柔和的空气中弥漫着丁香的气息,在桑迪芒特(Sandymount)黄褐色的海滨上方——

---

* 郑重声明,他创办了 Point Village 酒店、3Arena 剧场、伯德盖斯能源剧院 (Bord Gáis Energy Theatre),并与人共同创办了国家会议中心(National Conference Centre)、牧师街(Vicar Street)场馆和吉布森酒店(Gibson Hotel)。一个不容小觑的纪录……仿佛真有人敢小瞧似的。
[1] 布拉德·斯托尼(Blood Stoney, 1828—1909),爱尔兰工程师。1867 年任都柏林港口和码头委员会总工程师。除港口工程,他指导设计并重建了横跨利菲河的两座主要桥梁。

桑迪芒特海滨

斯蒂芬·迪达勒斯[1]被派到那个地方去研究所有东西上的签名,当近视眼的他试图辨认那些字迹时,他曾经踩到那里的鱼卵和海藻——苍白的天空像一个巨大的肥皂泡的内膜,闪烁着微光。西塞罗和我,两个恬然自若的老家伙,乘着他的红色小跑车向南行驶,*我们要去艾比剧院参观它那已被拆卸但得到小心保存的正面墙体和侧墙的遗迹。

艾比剧院由诗人威廉·巴特勒·叶芝和他的朋友奥古斯塔·格雷戈里夫人[2],在妙不可言的爱德华·马丁[3]的支持下创立的。叶芝的传记作家罗伊·福斯特(Roy Foster)对最后这位的特质的描述让人印象深刻:"圆脸、肥胖、女性化、狂热的天主教徒"——他出生于戈尔韦郡(County Galway)的图利拉城堡(Tillyra Castle)。建立剧

---

1 斯蒂芬·迪达勒斯(Stephen Dedalus),詹姆斯·乔伊斯小说《一个青年艺术家的画像》的主人公。
* 这是一辆 MG 双座敞篷跑车,发动机排量 1275 毫升,1957 年制造,是"最后一辆真正的英国跑车",西塞罗说,他是 40 年前购买的,"花了辛苦赚来的 400 英镑"。"听那引擎的轰鸣声——就像驾驶喷火式战斗机(Spitfire)。"
2 奥古斯塔·格雷戈里夫人(Augusta, Lady Gregory;1852—1932),爱尔兰戏剧家。原名伊莎贝拉·奥古斯塔·珀斯。1896 年结识诗人和剧作家 W. B. 叶芝,投身爱尔兰文艺复兴运动,成为领导人之一。1899 年与叶芝等人共同在都柏林建成爱尔兰民族文学剧院;1902 年组成爱尔兰民族戏剧学会;1904 年建立艾比剧院,作为演出中心,上演爱尔兰民族戏剧,培养了著名剧作家 J. M. 辛格和 S. 奥凯西。
3 爱德华·马丁(Edward Martyn,1859—1923),爱尔兰剧作家,文化活动家。

叶芝住宅旧址,梅里恩广场 82 号

最初的艾比剧院的建筑模型

艾比剧院原址上的石块

院的资金支持来自一位富有的美国人安妮·霍尼曼小姐(Miss Annie Horniman),她是叶芝的崇拜者,也是研究神秘学的一个业余爱好者,她出钱在都柏林市中心的艾比街和马尔伯勒街(Marlborough Street)的拐角处买下了机械学院(Mechanics' Institution)。在这幢建筑里,曾开过一家剧场——"王子剧场",也曾经营过一家储蓄银行。该处也曾作为市立殡仪馆使用,这一事实对都柏林那群刻薄和一贯恶意的风趣之人来说可谓一个素材丰富的源泉。

其中,奥利弗·圣约翰·戈加蒂[1]是最尖刻和最恶毒的人之一,他觉得霍尼曼小姐的名字很好笑,于是用一首绝妙而粗俗的五行打油诗讽刺她:

> 可惜的是,霍尼曼小姐
>
> 当她想要拴紧或者教唆一个男人的时候,
>
> 竟然选择了威廉·叶芝。
>
> 他仍然手淫。
>
> 无论如何,他不是一个性欲旺盛的人[2]。

---

[1] 奥利弗·圣约翰·戈加蒂(Oliver St. John Gogarty, 1878—1957),爱尔兰诗人、作家、耳鼻喉科医生和著名的健谈者。他是乔伊斯与叶芝喋喋不休、夸夸其谈的朋友,为他们的创作提供灵感。

[2] 英语里,性欲旺盛的人(horny man)与霍尼曼(Horniman)谐音。

在艾比剧院成立之前,曾有一个由弗兰克·费伊和威利·费伊管理的爱尔兰国家戏剧协会。叶芝和格雷戈里夫人对费伊兄弟的遗产不屑一顾,叶芝夫妇贵族高傲的态度,让这对勤勉的兄弟痛恨不已。然而,尽管具有贵族的天性,叶芝还是渴望下层社会人士能参与他的新剧院的戏剧表演中。他写道:"'让我们去找店员和女店员吧,'我们中的某个人(很可能是他自己)说,'在他们工作结束之后训练他们上台表演。让我们试试。'我们发现完成这项任务比我们预期的要容易得多。这是所有阶级都对智力活动感兴趣的另一个证据。"这种做法无视了一个事实,即费伊兄弟已经在他们周围召集并训练了一批有天赋的业余演员,叶芝可以请求调用人员,他最终也这样做了。19 世纪 90 年代,威利·费伊的剧团在全英国巡演,而他的兄弟热衷于组织都柏林的业余戏剧表演。1902 年,是费伊兄弟首次搬演了叶芝的《胡里痕的凯瑟琳》(*Cathleen Ni Houlihan*),其中叶芝的缪斯女神茅德·冈[1]担纲主演。这场演出主要面向工薪阶层的观众,取得了意想不到的成功。叶芝兴奋的狂喜,借著名的茅德·冈之口吟咏出来,

---

1 茅德·冈(Maud Gonne, 1866—1953),爱尔兰演员,女权运动家和爱尔兰独立分子。叶芝年轻时曾暗恋她,连续表白却连续遭拒,曾写下《当你老了》诉说爱情的无望。

2 西塞罗、维柯和艾比剧院

他们这些没鉴赏力的低俗观众(gurrier)*,会如何理解呢?

艾比剧院 1904 年 12 月 27 日开业。仅仅在 6 月 16 日詹姆斯·乔伊斯与他未来的妻子诺拉·巴纳克尔(Nora Barnacle)第一次重要约会的 6 个月之后。乔伊斯的父亲听到她的姓氏后,嘲讽地对儿子评论道:"嗯,她永远不会离开你。"[1] 艾比剧院上演了叶芝的《在巴尔雅海滩》(*On Baile's Strand*)和《胡里痕的凯瑟琳》,以及格雷戈里的《奔走相告》(*Spreading the News*),剧院里座无虚席。当天晚上大获成功,尤其是对叶芝而言。格雷戈里夫人染上了流行性感冒,在戈尔韦郡戈特镇附近的库勒庄园(Coole Park)的家中被安全隔离,所以这位诗人可以自由地独自沐浴在聚光灯下。没有比威利·叶芝更享受那爱抚的辉光的人了,正如罗伊·福斯特所写的,"叶芝把自己看作艺术事业的独裁者,准备主宰一切,分而治之。"然而其他人,包括那对仍心有不甘的费伊兄弟——

---

* 我不知道这个用来指过去所谓的"下层阶级"的贬义词的起源是什么。毫无疑问,一个真正的、地道的都柏林人可以告诉我。我要问问西塞罗……
1 英语里,巴纳克尔(Barnacle) 意为岩石、船底等处附着的甲壳动物。

在后来的岁月中,他们试图强调,在新开张的艾比剧院进入巅峰的戏剧运动……不止是一个人的天才的产物,但这种强调只是徒劳。对后人而言,叶芝个人的想法对历史的影响越来越强烈,他们被无可挽回地扫到一旁,成为次要角色。*

剧院从外面看起来要比实际的小一些。它有两面外墙,艾比街上的正面和马尔伯勒街上的侧墙。然而,由于缺乏某些关键设施(包括从化妆室进入舞台的入口),演员们不得不穿着全套戏装,绕过马尔伯勒街的侧门,飞奔过去,穿过门厅进入剧院。至少,传说如此……

……

都柏林市南面的基利尼湾(Killiney Bay),以其壮观与

---

* 然而,通过回想起在《马戏团驯兽的逃遁》(*The Circus Animals' Desertion*)这首诗中老年叶芝如何悔恨地回顾那些日子,或许我们可以试图缓和福斯特对其稍显严厉的批判情绪,诗如下:

> 演员和彩绘舞台拿走了我所有的爱,
> 而非他们所象征的那些东西。
> 他还意识到他的成就中至少有某些部分的空虚:
> 徒然的欢乐,徒然的战斗,徒然的休憩,
> 忧心忡忡的主题……

美丽,曾被人拿来与那不勒斯湾(Bay of Naples)相比,这样的比较恰如其分,这种密切关系在当地地名中得到了颂扬。当地有索伦托排屋(Sorrento Terrace)——海湾北端一排漂亮的房子,有尼拉诺路(Nerano Road)和托尔卡路(Torca Road),均以阿马尔菲(Amalfi)海岸的小镇命名。萧伯纳在1866年到1874年间住在托尔卡小别墅。然后,我们会看到令人愉快的维柯路(Vico Road),它使人想起那不勒斯哲学家詹巴蒂斯塔·维柯[1]。詹姆斯·乔伊斯十分推崇他,还在小说《芬尼根的守灵夜》(*Finnegans Wake*)的开场白中巧妙地纪念这位博学之士,"……宽敞回环的维柯路……"

我和西塞罗沿着维柯路行进,顺着陡峭蜿蜒的基利尼山山坡爬升,前往琼·汉利的家,她是都柏林城市建筑师戴西·汉利(Daithi Hanly)的遗孀,她丈夫于2003年去世,享年86岁。

汉利是他那个时代为数不多的真正有见识的公众人物之一。从20世纪40年代初的职业生涯的开始,他就试图呼吁保护都柏林建筑遗产的结构和精神。20世纪60年

---

[1] 詹巴蒂斯塔·维柯(Giambattista Vico, 1668—1744),意大利政治哲学家、修辞学家、历史学家和法理学家。他为古老风俗辩护,批判了现代理性主义,并以作品《新科学》闻名于世。

代,他特别不满所谓的"开发",例如反对在菲茨威廉街建造"电力供应委员会"的办公室,因为这会破坏相当大一片乔治王时代艺术风格的排屋。"房屋本身很简朴,"莫里斯·克雷格[1]在他1952年首次出版、引人入胜的《都柏林1660—1860》一书中评价道,但却是"当时完整无缺的街景的一个重要组成部分",他也不赞成在公认不漂亮的伊登码头(*Eden Quay*)脚下建设极其丑陋的自由厅(*Liberty Hall*):它那由钢和玻璃组成的塔顶被削平,安上了一个起皱的金属凸缘,那凸缘像一块巨大的华夫饼干。他还反对建造中央银行总部那个混凝土立方体,这建筑粗俗地蹲在圣母街半中间一个难看的地点,在那周围,一年四季,即使在夏意最繁茂的日子——在都柏林我们确实有奇怪的、非常奇怪的繁茂日子——吹着神秘的、丝毫没有减弱迹象的大风。

1951年,艾比剧院毁于大火,剧团搬到了皮尔斯街(*Pearse Street*)的老"女王剧院"。1961年,艾比街的那幢建筑被拆除。汉利毅然抢救了正面墙体和侧墙的花岗岩石块,将每个碎片都仔细编号,存放在维柯路他家的庭园里。他打算借助它们重新组装成国家戏剧博物馆的正面

---

[1] 莫里斯·克雷格(Maurice Craig,1919—2011),爱尔兰建筑历史学家,诗人。

墙,但是他在这个方向上的希望落空了。后来,在艾比街拐角处的原址上建造新的艾比剧院时,他建议原来的花岗岩正面墙体应被并入新大楼大厅,成为大厅的一部分;他的想法再次被忽视。

汉利面对官方的漠视与蒙昧时表现出的坚韧是令人钦佩的,他的遗孀,琼的忠诚同样令人钦佩,她坚持保存那些编号的石块,石块排列在她漂亮的花园小径两旁,将她的花园变成了一座微型的庞贝古城。西塞罗和我,由琼·汉利和她的女儿海伦引导,参观了这个场地。我们被倒在地上的石头的忧郁所感染,但也陶醉于山坡花园的美丽和像一只大碗的基利尼湾的意大利阿马尔菲式的风景。

在花园角落处的一个棚子里,保存着剧院的窗户,窗户上还是原来的玻璃,最令人感动的是,里面还有"孔雀剧场"的小售票亭,"孔雀剧场"是 20 世纪 20 年代设在主剧院底层的小型实验剧场。在一张桌子上有一个制作精美的剧院木制模型,上面每个细节都准确无误。

站在琼·汉利这座令人赏心悦目的花园里,我问自己,这些顽强保存下来的、失落的过去的遗迹,今天仍然存在的往昔的一部分,将又会发生什么。但事实证明,西塞罗有一个计划,他答应有一天会告诉我……

3 巴格特奥尼亚

还不能确定——也就是说,我不知道——是谁想出这个名字的。他或她脑子里显然想到了费兹罗维亚(Fitzrovia),伦敦所谓的艺术区,位于苏豪区北面。正如夏洛特街和费兹罗伊广场(Fitzroy Square)位于费兹罗维亚的中心,巴格特街(Baggot Street)*和梅里恩广场构成了巴格特奥尼亚的核心。这条街道是以第一位爱尔兰首席法官托马斯·巴格特爵士(死于1298年前后)命名的,他建造了巴格特拉斯城堡(Baggotrath Castle),据说是当时爱尔兰最坚固的要塞。这座城堡尔后归菲茨威廉家族所有,后来化为废墟,尽管其遗迹在19世纪初依然矗立。

---

* 至少在一张18世纪的地图上,它拼写为"Baggat"。

巴格特拉斯广场就是为了纪念它而建立的。广场从菲茨威廉巷延伸到上巴格特街,那里曾有,也许现在仍有,都柏林最好的卖花小摊。

巴格特奥尼亚的边界具有神秘的不确定性。为了简洁起见,我在这里将效仿南希·米特福德[1],用"B"和"非B"这两个名称来分别指称那些真正巴格特奥尼亚式的地方和那些并非如此的地方。因此,"下山街"的两头都属于 B,但这条街本身断然是非 B 的,甚至在我年轻的时候也不是 B,虽然当时街上还有很多乔治王时代艺术风格的房子矗立着。这条街的东端是运河和珀西广场树木较多及较下方的一块,而它的西端通向梅里恩广场;这两端都成功归入 B——实际上是美丽的巴格特奥尼亚的典型示例。那么,为何这条街本身是非 B 的呢? 即使是巴格特奥尼亚的土生土长的儿女们(如果真有的话)——他们很少有人还活在世上——也无法告诉你这一点。人们就是知道。

西塞罗向我指出另一个神秘的例子:从卑贱的下山街与高贵的梅里恩广场的交界处走过去一点就是霍利斯街(Holles Street),沿街向下走,便从霍利斯街妇产科医院的

---

[1] 南希·米特福德(Nancy Mitford,1904—1973),英国小说家、传记作家。

旁边穿过。很久以前,在许多个雾蒙蒙的早晨,我曾经站在那家医院的对面,在宿醉未醒的痛苦中蜷缩着,等待7路公交车。你看,霍利斯街很短,它的一头是B,但另一头是极端的非B,从非B的那一端穿过下大运河街,就能进入上厄恩街(Erne Street Upper)的地下世界——没有哪个体面的巴格特奥尼亚人愿意冒险进入这个地方,除非是为了寻找浴室配件,或者想让人安装一个新的汽车排气管。

然后就是哈考特街(Harcourt Street),一条微微弯曲的乔治王时代艺术风格的街道,像上山街或者巴格特街本身一样漂亮且保存完好。但它是B吗?不完全是,或者至少不太完全是。然而,哈考特排屋,尽管它比和它相似的哈考特街还要远在B边界以外,却能成功归入B,只因为20世纪中叶的都柏林那个摇曳着异国风情的文艺圈中的两个特殊的人曾众所周知地住在那里:演员——演员——米歇尔·麦克利亚姆莫伊尔[1]和他的合作伙伴,戏剧演出主办人希尔顿·爱德华兹(Hilton Edwards)。

---

[1] 米歇尔·麦克利亚姆莫伊尔(Micheál MacLiammóir,1899—1978),演员、剧作家、演出主办人、作家、诗人和画家。他统治爱尔兰戏剧长达50年。在聚光灯下,他塑造了一个个令人印象深刻的形象,在现实生活中,他总是穿着华丽,化着浓妆,戴着乌黑的假发。

鸟,大运河

这些是城市生活的谜团,这种生活有一种属于它自己的仪式,原始却又错综复杂:就像在特罗布里恩群岛[1],生命茁壮生长;在北极地带的冻土荒原,万物瑟瑟发抖。

......

说起麦克利亚姆莫伊尔和爱德华兹:他们是当年都柏林同性恋群体中即使不能说是最明目张胆的,也可以说是最突出的代表。当时的"假娘儿们"是许多轻蔑的嘲弄和无休止的下流玩笑的攻击对象,在这些背后——像通常一样——潜藏着某种不安,甚至是某种恐惧。然而,都柏林以其独特的方式,比伦敦,甚至比纽约,对同性恋者更加宽容,至少是对其中某些同性恋者,爱德华兹和麦克利亚姆莫伊尔就被认为是——实际上被爱戴为——都柏林的"人物"。他们经营"大门剧院"(Gate Theatre)——奥逊·威尔斯[2] 16 岁在那里开始他的演艺生涯——他们神气十足,并且是所谓的胆大心细,他们这样的行为同时也给这座城市公认贫瘠的文化生活增添了很多的魅力和丰富性。 当

---

[1] 特罗布里恩群岛(Trobriand Islands),西太平洋新几内亚岛东南的所罗门海小岛群。
[2] 奥逊·威尔斯(Orson Welles, 1915—1985),美国演员、导演、编剧、制片人。代表作有《公民凯恩》等。

大门剧院

麦克利亚姆莫伊尔1978年去世时,爱尔兰总理杰克·林奇(Jack Lynch)出现在拥挤的葬礼人群中,随后特意向爱德华兹表示哀悼并握手,就像他对任何刚刚失去亲人的丈夫或妻子会做的那样。

麦克利亚姆莫伊尔在公众场合露面时总要化妆,戴一顶如湿煤般闪耀的黑色假发,他一辈子都假装是爱尔兰人——他说着一口流利的爱尔兰语,写作也极具爱尔兰风格——但实际上,他原名阿尔弗雷德·威尔莫尔(Alfred Willmore),出生于伦敦的肯撒绿地(Kensal Green),血管里没有一滴爱尔兰血。除了在爱尔兰表演和写作,他还有一份国际事业,主要混迹在电影界。他在奥逊·威尔斯的电影版《奥赛罗》中扮演伊阿古(Iago),在约翰·休斯顿的电影《铁幕来鸿》(*The Kremlin Letter*)中出演一个角色,并且是托尼·理查森(Tony Richardson)的电影《汤姆·琼斯》(*Tom Jones*)中吧唧嘴、好色的叙述者。正如我曾经写过的那样,如果他是一个拙劣演员,那么劳伦斯·奥利弗、理查德·伯顿(Richard Burton)和彼得·奥图尔也是。

我最喜欢的与麦克利亚姆莫伊尔有关的一则轶事是由一位昔日的记者同事谢默斯·麦戈纳格尔(Seamus

McGonagle)告诉我的。他本人十分风趣机智。作为初出茅庐的新闻记者,谢默斯被委派采访这位演员。到达哈考特排屋那幢著名的房子后,迎接他的是麦克利亚姆莫伊尔戏剧性的登场——穿着丝绸睡裤、中式晨衣、深红色的天鹅绒拖鞋,急匆匆地走下楼梯。他热情地欢迎谢默斯,他们移步——和麦克利亚姆莫伊尔在一起时,你从来不仅仅是去——客厅,那里备好了茶水,那位伟大的人物,带着丘纳德邮轮(Cunard liner)式沉闷的优雅,开始叙述他的人生和事业。当他说话的当儿,家里的猫出现了,跳到谢默斯的腿上,开始抓他裤子的前裆开口,就像猫儿通常会做的那样。麦克利亚姆莫伊尔没有注意到这只动物,直到它抓挠得越发厉害,我可怜的朋友越发尴尬,让他实在无法忽视。这时,他暂停他的演说,过了很久,才对谢默斯说了一句:"哦,不要介意它,亲爱的孩子——它被阉过。"*

......

20世纪60年代初,我抛弃了我出生的小镇,搬到了都

---

* 克里斯托弗·菲茨-西蒙(Christopher Fitz-Simon)撰写的传记《男孩们》(*The Boys*)时而温暖、时而刻毒,是向这对独特的情侣的精彩致敬,而麦克利亚姆莫伊尔的回忆录《一切为了赫库巴》(*All for Hecuba*)非常有趣,尽管事实方面并不完全可靠……

柏林。"抛弃"这个词是合适的。在韦克斯福德度过的人生头18年里,我把这个地方当作不过是前往别处的中转站。我对这个小镇没什么兴趣,以至于我甚至懒得记住大多数街道的名称。我对自己的出生地、对它的历史,以及对它的居民复杂而微妙的生活漠不关心,如果让我想象用什么词来形容这种冷漠的态度,那就不仅仅是"高傲自大",更是"愚不可及""挥霍浪费"。在我周围的环境中,就有一个足够有趣的世界,值得艺术家关注(从最早的时候起,我就毫不怀疑我会成为一名别具一格的艺术家)——这一点在韦克斯福德出生的作家所写的作品中充分地展现出来。科尔姆·托宾(Colm Toibin)、艾欧因·寇弗(Eoin Colfer)和比利·罗彻(Billy Roche)皆在此列。这三个人,特别是罗彻,用我视为贱金属的东西——我都不屑瞧它一眼——铸造了大量贵重的钱币。

我可以为自己辩护——实际上我甚至觉得这样的辩护没有必要——说在生活中,无论我碰巧发现自己在哪里,我从未太注意周围的环境,艺术的注意,更确切地说。不管是好是坏,作为一名作家,我现在和过去一直最关心的不是人们做了什么——正如乔伊斯所说的那样(带着他一贯的乔氏不屑),这事可以留给记者们——而是他们

3 巴格特奥尼亚

是什么。艺术就是不断努力,透过人类细微的日常行为,洞烛先机,从而探究出(或者至少尽可能探究)存在的本质究竟是什么。对艺术家来说,探讨存在的问题,和哲学家探讨它一样,都是合理的——正如海德格尔在谈到自己的哲学思维时承认的那样,他也只是想在其中探寻到里尔克在诗歌中已经探寻到的东西。毫无疑问,他在想里尔克的《杜伊诺哀歌之九》中的诗句——在有些古色古香但讨人喜欢的利什曼、斯彭德的译本中——诗的开头问我们,究竟为什么生而为人,又为什么要活下去,那么我在这里也斗胆引用这段辞藻优美的诗句作为回答:

……因为此间很丰盛,因为此间的万物
似乎需要我们,这些逝者
跟我们奇特相关。我们,逝者中的逝者。
每一次,仅仅一次。一次即告终。
我们也一次,永不复返。
但这一次曾在,哪怕仅仅一次:
尘世的曾在,似乎不可褫夺。[1]

---

[1] 此处采用林克译本。

然而，当我现在回顾所有那些被我早年抛弃的东西，仔细想想我抛弃这一切时那种毫不在意和无情的态度，我浑身充斥着一股不是悲伤却又胜似悲伤的情绪。我离开了一个我认为苛刻和吝啬的地方，但实际上这个地方很温柔，它只是太专注于自己的希望和悲伤，无暇为我多费心。

首先被我抛诸脑后的，是我的父母。他们躺在记忆的海市蜃楼中，太过遥远，像一对倒下的雕像，岁月的流沙在他们旁边聚集，时间之风模糊了他们的面容。

我从没见过我父亲心急火燎的样子。随着年龄的增长，这桩怪事越发影响着我，激起我强烈的兴趣。当然，有时候在某些必要的场合，他肯定着急忙慌过，但是即便我亲眼见过他这副模样，我也没印象了。他的生活一直十分平稳，波澜不惊，因为他生活的时代、阶级，还有他的年龄，这些在方方面面约束着他。他真的没有什么时候需要大步流星地向前。

回头看*你父母的生活，再与自己的生活进行比较，这种做法令人头晕。我吃惊地意识到，当我父亲像我现在这

---

* 再次引用里尔克的《杜伊诺哀歌之八》：

> ……我们
> 无论做什么，始终保持
> 那种行者的姿势……

样的年纪,刚刚踏上危险的 70 多岁时,他早已退休,并或多或少平和地进入他的晚年。我母亲对年老体弱的蚕食更有反抗心理——在 50 多岁时,她很有勇气、相当大胆地买了她第一件当时称为休闲裤的东西。我的父亲深感困惑,而且我怀疑,他也十分惊慌,因为他无法理解这种异常的寻求解放的姿态。不过那时候,他一直倾向于做"小镇生活泥淖里的一根棍子"[1],我的母亲始终不死心地想把他从那摊泥里拖出来。

几年前,我偶然读到了英国劳工和养老金部的一份调查报告——那天的报纸上肯定没有什么新闻——报告发现,在其调查对象中,妇女认为老年是从 60 岁开始的,而男人,可怜的傻瓜们,认为是从 58 岁开始的。考虑到我们大多数人现在可预期的寿命大大增加了,这些数字让我感到惊讶;但我确信它们不会让我的父亲,甚至是我的母亲感到惊讶。

在她比较恼怒的时刻,我母亲会说她丈夫生下来就老了。这种评价不友好,而且不见得公平。我认为使他显得过早衰老的原因是他期望的事情范围很狭窄。他一生从事白领工作——虽然他在西装、衬衫和领带外面穿了一件

---

[1] stick-in-the-mud,意为保守的人。

棕色的大褂——在一家大汽车修理厂,给韦克斯福德郡的很多地方供应马达零件。但让人哭笑不得的是,他从未学会开车。不过,他走路很快,如果我集中精神,我可以再次听到他的花纹鞋后跟踏在我家房子外面的人行道上,拍打出那种特别的咔嗒咔嗒的节奏。

早上,他走路上班,大约花费 20 分钟。午餐时间,他会走路回家,吃饭,看一刻钟报纸,然后步行回去上班。下午 6:00 下班后,他会从汽车修理厂过马路到他哥哥经营的酒馆喝一品脱吉尼斯黑啤酒,然后动身回家,喝他的"下午茶"。在将近 40 年的时间里,这个时间表没有变化,除了夏天的几个月,家里的其他人搬到海边,而我父亲早上和晚上乘火车往返上下班。那时,我也接受了这一切,认为这是他生活的必要形式和时间表,但我现在想知道他有多怨恨这每日例行的工作,这种单调很大程度上让他感觉失去了机会,丧失了幸福。

但也许我自以为高人一等,才会觉得他的生活单调乏味。对我来说是令人沮丧的沉闷,对他来说可能是一种舒适,而且可能比徒劳的奋斗更可取,这种徒劳的奋斗折磨着他周围的许多人,包括我母亲。年迈的吟游诗人菲利

3　巴格特奥尼亚

普·拉金[1]写了一首可爱的诗,名叫《下一个,请》,它在开头悲叹了我们认为生活肯定为我们准备了什么的幼稚想法:

> 总是对未来过于渴望,我们
> 养成了期待的坏习惯。

对我母亲来说,生活总是在别处,对我来说也一样。她也让我想起——就像在我的韦克斯福德时代,我自己也常想起——契诃夫笔下的伊琳娜,禁闭在外省,却对莫斯科的魔力心驰神往。然而,她也像我父亲一样,被迫按照某种程式生活。她是个家庭主妇。家庭主妇是份职业——尽管她从来没有认为它是一份职业——她干得尽职尽责。她每天早上都"去镇上"购物,除了星期天,那天没有商店开门。除了周末,她要走遍食品店、蔬菜水果店、肉店、面包店……我很想知道在她"为获取外界信息而奔走"的一生中用坏了多少个购物袋。

我不必怀疑我母亲的不满程度,就像我不必怀疑我父亲那样。虽然她不得不对大多数情况下失望的结果表现

---

[1] 菲利普·拉金(Philip Larkin, 1922—1985),英国诗人。著有诗集《北方船》《少受欺骗者》等。拉金被公认为是继 T. S. 艾略特之后 20 世纪最有影响力的英国诗人。

得坚忍坦然,但有时也会沮丧、抱怨地爆发出来。她比我父亲阅读得更广泛,所以我想她也更加明白别处的世界能提供什么、她又错过了什么。

她是《女人》(Woman)和《女人自己》(Woman's Own)的狂热爱好者。我不知道现在这些杂志是什么样子——我希望它们没有因为大众痴迷就给肥皂剧人物的虚构生活和无果的爱情故事让路——在我母亲订阅的那个阶段,它们主要关心的是王室、针织图案、牛排腰子馅饼,以及当时超时髦的主食大虾、冷盘等美食的食谱。它们都是完全无害的出版物,尽管我姐姐坚持说,有一年愚人节,其中一份杂志刊登了一篇文章,标题是"给自己编一顶可爱的荷兰帽"。我毫不怀疑,我的母亲不会理解这个笑话。事实上,也许现在比我自己年龄小的人没一个人会理解它[1]。

这两本杂志在内容和基调上大致相同,对我母亲来说,它们是单调时光中的一抹色彩。然后有一天在告解室中,我想是由于缺少可以爽快承认的小过失,她向神父提到她订阅了这两本杂志——他可能在探究她是否热衷于阅读他所谓的"淫书"——他立即命令她停止购买它们,违者将招致不可饶恕的大罪。当时我 15 岁左右,与她争辩

---

[1] 英语中的荷兰帽(Dutch Cap),意为阴道隔,避孕用。

说，这位神父是一个傻瓜，不知道《女人》与《女人自己》是什么样的杂志，可能认为它们是《花边新闻》(*Titbits*)或者——亲爱的主啊——《世界新闻报》(*News of the World*)这样的黄色报刊的姊妹刊。我的争论没有任何效果。我母亲像教会的女儿一样顺从，她取消了两份杂志的订阅，没办法再及时跟进女王的威尔士柯基犬的健康状况，还有圣诞节蛋糕装饰的最新潮流。

我母亲那时一定有四十几岁了。你能想象现在一位中年妇女会屈从于这样一个荒谬和小题大做的戒条吗？即使是在爱尔兰，在那里的很多天主教徒看来，尽管教会尽了一切努力，但还是没能完全败坏掉自己的名声。50年前的世界和我们现在的有很大不同。

在我沉思我父亲生活的呆板步调时，我突然想到要仔细梳理盘算。在过去的几年里，我去过美洲，北美和南美，以及欧洲的西班牙、法国、德国、意大利、葡萄牙和希腊，还有波兰和爱沙尼亚——肯定还有其他一些目的地，但我已经忘记了——谁知道飞行了几千英里，并因而连续遭受飞行时差反应的袭击。这样的旅行不仅会超出我父亲的想象，甚至会超出了我母亲的，她会表示怀疑，并严厉谴责我对来年可能去其他遥远的地方旅行表现出的腻烦和无精打采。

在我年轻的时候,我既不认为我父母年轻,也不认为他们老。在我看来,直到生命的最后岁月——我也不确定他们有多大——他们基本上是不同物种的生物,永恒不变,只是在那里。我不记得我曾注意到他们有衰老的迹象,即使在我搬到都柏林,并且越来越不常回"家"探亲之后。在我看来,他们被困在不受时间影响的地带,保存在——对我来说——已经开始成为过去的永久冻土中。我母亲是否和那份英国调查中的女性一样,认为自己60岁的时候就老了?我父亲在他过了58岁的时候就听到远处悠悠传来的丧钟声了吗?

我现在越来越想知道他们是怎么看我的。我想,当我还是个小男孩的时候,我并不令人厌烦——至少我母亲溺爱我——但在我十几岁的时候,我怀疑我一定浑身上下都令人讨厌:自私、不满、既冷漠又苛求、傲慢自大,这傲慢自大仅仅建立在我对我自己有朝一日会取得的成就的夸大估计之上。我肯定是这样一种令人厌烦的人,特别是对我母亲来说。在我的童年和青春期,她比我父亲了解我更多,也包容我更多。

我残忍地离开了家,一副满不在乎的样子,从鞋后跟抖落韦克斯福德的尘土,走向我眼中绚丽夺目的都柏林。

对我父母来说,看我走得那么淡漠,几乎没有回头瞥一眼,他们内心一定有一种愁楚。我是他们最后一个孩子,曾经的五口之家现在只剩他们。我的母亲在周一到周五的午后,该感到多么孤独,因为再也等不到我放学归来,不管我可能是多么粗暴乖戾和沉默寡言的存在。我想象她看着冬天的黑暗穿过我们房子前的田野慢慢靠近时,她心里明白,她现在永远也看不到她梦想的地方了。后来,她和我父亲,在他们生命的晚期,确实搬到了都柏林,在那里,他们和我那乐于助人、宽以待人的哥哥共住一所房子。但是,我想为时已晚:都柏林不是莫斯科,事实上,不是她曾经梦想过的都柏林,因为那个都柏林只是一个梦。

在我 35 岁前,我的父母都已经去世了。当然,我哀悼他们,但是我的哀悼有多少是因为他们,有多少实际上是因为我第一次隐约感觉突然变得很真实的必死命运呢?他们离世的时候,和他们活着时一样体贴谦逊。九月份的一个灿烂的金色下午,我母亲在花园里喂鸟时死于心脏病发作。几年后,我父亲在一家养老院安静离世了。我记得当我听到他的死讯时忽然想到:现在我成了孤儿。那时,我已经结婚,有自己的孩子,而成为孤儿的想法,虽然有点荒谬,但也是令人信服的。有些东西——我没那么狠心地称之为负担——有些东西已经落下,像悬崖落入大海,我因而更轻松。

我最小的女儿,19岁,也像我一样,是最后一个孩子,她一杯又一杯没完没了地喝茶,和我母亲一模一样。另外,无论她去哪里,她更喜欢步行,而不是乘电梯或公共汽车。最近有一天,我看着她走进早晨乳白色的光线中,觉得她的步态有些熟悉——她走路很快,偏向左边,每走一步左脚都向外翻一点。我纳闷谁会那样走路?只有当我转过脸,留意到她的鞋后跟在人行道上发出的快速的切分节奏时,我才突然听到记忆中我父亲的脚步声。逝者总是以活人身上的姿态,才最终让我们相信,他们从未离去。

……

在都柏林,我直接定居在巴格特奥尼亚的核心地带。那时,我的南姨妈已经从她珀西广场那阴冷狭窄的住处搬到了上山街的一套华丽而破旧的单元房,她先后与我姐姐、我一起住在那房子里。单元房占据了一幢乔治王时代艺术风格的四层排屋的整个三楼,里面有两个巨大的房间,房里有高耸的天花板、高高的上下推拉窗和18世纪的木地板。地板磨损得厉害,十分危险,就算是在最轻微的

上山街

盾徽,都柏林

踩踏下，也像蹦床一样颠簸。

为了安装一个临时厨房，单元房的前屋已被隔断，从而破坏了房间原有的优雅比例。抬头看到天花板下面的雕花抹灰线脚撞到隔断墙上突然静止不动的样子，总是让我觉得有些可怕。后屋，即我的卧室，没有动过——似乎自18世纪以来就没动过——而且它大到没法加热取暖：有很多个冬天的早晨，醒来时我发现在我床边八英尺高的窗户内侧有冰。

单元房有两个入口，一个是大门，另一扇门从我的卧室直接通往楼梯平台。这意味着，当我早上离开或晚上回来时，我不必穿过前面的起居室。我姨妈把她的床放在那里，这床白天当成沙发用，这沙发疙疙瘩瘩，以至于之后几年，我带到单元房里的姑娘没有一个会同意坐在上面，更不要说躺在上面了。起居室里有一张圆形大餐桌，餐桌表面最初的法国亮漆已蜕变为一种黏稠的黑色黏胶，还有四把快要散架的弯木椅，当有人坐在上面时，它们会惊慌失措地大声抗议。一个河马大小的餐具柜占据了窗户对面的整个墙壁，它的顶部是举办葬礼时会看见的灰色大理石，背部是一面第一次世界大战前的美好时期的木框镜子。在镜子暗淡而斑驳的深处，会隐约出现我的映像。奇怪的是，那表情带着一丝恶毒，像开膛手杰克。

我好奇,我们在起居室的壁炉里烧什么。煤或泥炭,当然,或两者兼而有之——但是我们把燃料存放在哪里,更令人困惑的是,我们是如何清除煤灰的呢?那么多的细节从记忆中抖搂出来,就像在我又一个年轻气盛、喝得酩酊大醉的晚上的末尾,当我把裤子挂在我床边的椅子靠背上时,从我裤子口袋里滚出的硬币。我从来不曾理解放荡不羁的文化人生活的魅力。道德败坏就是道德败坏,无论在什么时代,无论年龄大小,无论年轻还是年老。当我在以本杰明·布莱克(Benjamin Black)为笔名写的犯罪小说中,把上山街的单元房赠予我的主人公夸克(Quirke)时,我把它打扮得相当漂亮。

在春秋两季,我们让炉膛闲置,用只有一根电热棒的电炉来凑合。现在人们用电炉吗?现在还在生产这些吗?在我富于幻想的眼里,那东西看起来像是一株艳丽的捕蝇植物,蹲伏在丛林的空地中,诱人地露出红彤彤的舌状物。不过,我记得它能烤出很好的面包。我还记得我们用来叉面包片的可伸展的金属烤面包叉,这是一件来路不明的古老工具,它是黑色的,因为经常使用而锃光瓦亮。

奇怪,我记得这么多琐碎的事情,却忘记了那么多重要的事情。

3 巴格特奥尼亚

我们一楼的邻居是一对鬼头鬼脑的老年夫妇：男的是个身材矮小、清瘦结实的人，留着希特勒不会嗤之以鼻的粗硬的小胡子；女的是个羞怯的人，一年四季都穿着有花卉图案的连衣裙，并且——除非我的记忆力又在捉弄我——还戴着一个珠光宝气的镀金头饰，它有点像镶嵌着水钻的冠状头饰。如果有人在进入房子时忘了用羽毛般的安静来关闭前门，她的丈夫就会像小猎狗一样地跳出来，抱怨这噪声，他声称这是对他太太的严重打扰。这很奇怪，因为他还宣称他太太"聋得什么也听不到"。我不知道那是真的还只是他的幻想——我怀疑他有点精神错乱——因为我在那里住了这么多年，这个可怜的女人从来没有对我说过一句话，也没有给我一个理由让我对她说一句话。

这幢房子的顶层，也就是我们上面的那一层，泛滥着——这是唯一合适的词——一家外省人，农民出身，从他们的口音和举止判断。他们是如何或为什么来这座城市居住，是那幢神秘的房子的另一个谜。要估算楼上有多少人是不可能的，因为这个数字每周都在变化。我怀疑这个单元房像一座小型的埃利斯岛[1]，是从乡下搬到城里定

---

1 埃利斯岛（Ellis Island），美国纽约市附近的小岛，1892—1943 年间是美国的移民检查站。

居的移民的第一座栈桥。"逃离土地"在那些年完全流行开来,越来越多的年轻人放弃了他们的家族世代耕作的农场,搬到城里来,他们由于所谓的水瓶纪元[1]的到来而变得躁动不安,并且被电视广告诱惑着向往都市——爱尔兰广播电视台于1961年除夕开始播放节目。几年后,一位著名的反动的,同时是——并非偶然地——反对犹太人的政客奥利佛·J.弗拉纳根(Oliver J. Flanagan),在议会宣称,在电视出现之前爱尔兰没有性行为。人们有几分明白他的意思,虽然我们大多数人,尤其是像我这样的年轻男性,还在焦急地等待着滥交的到来,而弗拉纳根先生似乎看到在他周围这正明目张胆地蓬勃发展。*

顶层那群人的领头人是一位瘦削的、精神很好的老人,我从来没弄清他到底是位年老的父亲,还是位年轻的祖父。他傍晚常坐在楼梯走廊,静静地用小提琴演奏吉格

---

[1] 水瓶纪元(Age of Aquarius),古代玛雅人预言的新纪元,新纪元标志着世界将步入越来越文明的新阶段。

* 值得注意的是,1943年7月,弗拉纳根利用他在爱尔兰国会下议院的首次演讲谴责犹太人,"1900年前谁把我们的救世主钉死在十字架上,现在又在一周中的每一天折磨我们……德国只做了一件事,就是把犹太人赶出他们的国家。在我们将犹太人赶出这个国家之前,你们发出什么样的命令都毫无关系(他在谈论战时《紧急权力法案》[Emergency Powers Acts])。哪里有蜜蜂,哪里就有蜂蜜,哪里有犹太人,哪里就有金钱。"次年的大选中,他的选票翻了一番;1978年,他被教皇约翰·保罗一世册封为圣格雷戈里大帝骑士。

舞曲、里尔舞曲和甜美悲伤的慢曲。他和蔼可亲、文静温和,显然还是念念不忘他失去的或被遗弃的"家园"。他有一位忧虑憔悴的年轻妻子——如果不是妻子,就是他的女儿——还有几个儿子,或堂表兄弟。他们都是表情忧郁的大块头,会在楼梯上粗鲁而腼腆地和我擦肩而过。然而,最令人难忘的是一个十五六岁的女孩,一位虚幻缥缈的美人,金发碧眼、黄褐色的四肢——珀西广场俏皮年轻的雷克小姐简直不能与她相比——她是一个性感但年龄稍大一点的洛丽塔,显露出那种愠怒、乖戾的态度,纳博科夫将这种态度算作真正的性感少女的首要先决条件之一。我不知道这样一个可爱得令人惊异的尤物怎么会生在那个完全正派但又断然不漂亮的乡下人家庭——但另一方面,我的牙医向我保证,我牙龈的某种构造无可辩驳地证明,我有印加人的血统,印加人的血统!

  我相信,有一段时间,这个年龄稍大一点的洛丽塔,她很迷恋我——我发现在前门内侧有用蜡笔潦草地写着的我的名字,伴有一颗被箭射穿的心——谁知道她要是再大几岁,我们之间会发生什么?后来,她成为一名成功的时装模特儿,我不时在报纸上,或者在这个国家当时可以夸耀的一两份单光纸印刷的杂志的封面上看到她的照片。

成年后的她仍然美丽。但令我惋惜的是,她的美丽的一个重要方面,随着她青春的露珠蒸发了。

她有一个忠实的闺蜜,那是一位快乐而丰满的小个子,每当她盯着我看时,那个死党都会呼哧呼哧发出压抑的笑声。若干年后的一天,我走进巴格特街桥上的帕森斯书店,发现那个小个子女人在那里,年纪大了但仍然丰满,站在柜台。我从她的眼神可以看出,她仍然认为我是一个极其滑稽可笑的人。

但是等等,现在回想起来,突然出现了另一种可能性:那个迷恋我的人,是楼上的美人,还是她矮胖的朋友?经过这样长的时间,几乎无关紧要了,我知道,但是……

"山街"房子里最有名的房客——除了要求明确表达时,"上"字将从此省略——是安妮·叶芝,威廉·巴特勒·叶芝的女儿。她住在我们楼下那层的单元房里。她是个身材高大、腼腆害羞、眼睛近视的中年人,一个不错的但没什么新意的画家,名气还算不错,可惜不持久。她很友好,不装腔作势,她和我偶尔会在楼梯上停下来聊聊天气,或者聊聊房子里水管的糟糕状况,或者聊聊那位每周都热情无比、坚持不懈拜访我们的耶和华见证人。他穿一件带腰带的雨衣,戴一顶软毡帽,说话带有明显的伦敦腔,让

3 巴格特奥尼亚

"叶芝小姐"想起——对我姨妈和我来说,她一直是叶芝小姐——直接从伊林喜剧[1]中走出来的靠诈骗过日子的人。

关于叶芝小姐你能观察得到的最奇怪的事情是,她每周都要收到从学院绿地(College Green)的都柏林酵母公司(Dublin Yeast Company)直接寄来的两盎司鲜酵母。我会看到邮递员留在大厅桌子上的小巧的牛皮纸包,心里纳闷叶芝小姐要如此大量且源源不断的鲜酵母干什么呢。她没有用它做面包——否则我们会闻到烤面包的香味——我也想不出她可以把它用在她的绘画中。我也不能想象,诺贝尔奖得主及爱尔兰参议院爱争论的议员威廉·巴特勒·叶芝的女儿,在她的卧室里经营着一家微型酿酒厂。上山街三十几号的历史中又一个未解之谜。

一天下午,我在叶芝小姐单元房的门外遇见了她,她旁边站着一个小老太太,戴着一顶好像倒扣的花盆的羊毛帽子,穿着一件厚重的长大衣,架一副大眼镜。我低声问候着走过,老太太转过身来看看我——只是平静地看着,没有探询什么,也没有说一句话。留给我的印象是,她的眼睛颜色很深,几乎是黑的,而且很奇怪地一直注视着我。

---

[1] 伊林喜剧(Ealing comedy),1947—1957年间伦敦的伊林工作室制作的一系列喜剧电影的非正式名称。

和一个乳臭未干的年轻人在楼梯上偶然邂逅,应该几乎没必要投注如此强烈的目光。几十年后,我受人委托评论安·萨德尔迈尔(Ann Saddlemyer)撰写的优秀传记《成为乔治:W. B. 叶芝夫人的生平》(*Becoming George: The Life of Mrs W. B. Yeats*),翻阅书中的照片时,我的思绪立即回到那天下午叶芝小姐的单元房门外,我不寒而栗,突然意识到那个转过身看我的女人是谁,她当时的眼神本该是空白的,却又根本不是。

乔治·叶芝,"威廉·巴特勒夫人"——在她寡居的漫长岁月里,大家都这么叫她——她大名鼎鼎,因为她对整整一代都柏林作家都很热情好客,而且孜孜不倦地给予忠告和鼓励。就在我这一代作家到来并试图把他们挤出去之前,那一代作家蓬勃发展,希望用词恰当。当我凝视萨德尔迈尔教授书中威廉·巴特勒夫人的照片时,最强烈地打动我、使我震颤的是我记忆的那种生动性,我仿佛再次看到了多年前的那一天老太太在楼梯平台上看我时的目光。我一直对乔治·叶芝的"自动写作"持怀疑态度,而她丈夫鼓励她的想法,并予以高度重视。仅仅生活在那非凡目光的范围之内——有人说她的眼睛是蓝色的,其他人,包括我在内,坚持说它们是黑色的——能给任何诗人足够

3 巴格特奥尼亚

多的灵感,即使是像叶芝一样伟大的诗人也不例外。当我回想起偶然发现那些照片,并被来自过去、如此锐利的一瞥再次射穿时,我仍然感觉到脊椎上泛起一股寒气的涟漪。

······

我和姨妈一起住了两年,有时候会很惬意,但更多时候会感到不自在,直到非常突然地,她去世了。她多年来一直患有心绞痛,一天晚上,坐在一对和善的犹太夫妇家里的沙发上——她间或照看他们的孩子——她安静地断了气,没有惊动任何人,以至于在她脚边玩耍的孩子没有注意到她走了,直到他们的父亲走进来,发现她毫无生气地躺在那里,安详平和,我希望如此。

当时,我远在希腊的小岛上,我的家人们,他们都是通情达理的人,试图联系正在麦克诺斯岛(Mykonos)上的我,但没有成功,所以当我被太阳晒得黝黑、头发里还留着爱琴海的盐粒回到家里——在那个崇尚头发蓬乱的时代,我们养了多长的头发啊!——收到那坏消息时我恍惚了,我不相信。她一直如此有活力,怎么会突然死了?现在我回想起她对权威的不敬,她特有的冷酷的欢乐,她狂野的笑声,她对骑在我们头上的假虔诚和一本正经的傻瓜的蔑视。我记得她常常亲切地为我做的羊排。我记得她无论冬夏都喜欢穿的毛皮短靴。我记得,她认识奥黛丽·赫本的父亲,他住在菲茨威廉广场,他还是——我相信她如果知道会很惊讶——纳粹的热心支持者。我还记得那些夜晚,太难得了,她和我坐在只有一根电热棒的电炉前,一边烤面包,一边谈论……谈论什么? 过去了,都过去了。那天晚上,当我从机场来到我姐姐家,听到我们的南姨妈的死讯时,我又年轻又无情,对我来说,在希腊找到的精神解放,比一个衰老的亲戚的死亡更为真实。

原谅我,亲爱的老姨妈。原谅当年那个年轻的畜生,而且我很遗憾地说,我到现在还是那种人面兽心的人——我现在在老了,或者至少正在变老,但是一个人内心的恶魔永远年轻。

……

我免遭了很多麻烦。我回到山街的单元房里,一半心思仍留在深靛蓝色的爱琴海中那座多岩石的小岛上——当时的麦克诺斯岛仍然是一个未被破坏的天堂,不仅没有机场,也没有柏油路。我那位善良的,而且——就我而言——饱受磨难的姐姐来了,清理南姨妈的遗物。我应该是做那件苦差事的人,我应该是承受这种情绪动荡的人。但是,不,我是家里的宝贝,是被庇护的那个,必须从生活里较骇人的痛苦中逃脱出来。

4 在街头

这是我住过的最可爱的地方。从自然历史博物馆沿梅里恩广场和山街到圣斯蒂芬教堂(St Stephen's Church)——它被亲切地称为"胡椒罐"(Pepper Canister)——的沿路风景,是世界上我知道或曾经访问过的所有城市中最漂亮、最威严的景象之一。伦斯特宫(Leinster House)——最初被称为基尔代尔宫(Kildare House)*,现在是政府所在地——是在18世纪40年代由基尔代尔伯爵詹姆斯·菲茨杰拉德在利菲河(Liffey)以南一个不被看好的沼泽地区建造的。

---

* 莫里斯·克雷格对华盛顿的白宫是仿造伦斯特宫的说法表示怀疑。然而,白宫的建筑师詹姆斯·霍本(James Hoban)出生于基尔肯尼郡(County Kilkenny),在都柏林社会学校(Dublin Society's School)学习建筑学,"1780年他在该校获得了'Stairs, roof & C'奖,并于1792年在白宫设计大赛中获胜"。

圣斯蒂芬教堂,"胡椒罐"

虽然这个地点可能不理想,但是精明的伯爵预言他很快会引领时尚,他是对的:在世纪末之前,这座城市的大部分贵族已经南迁过河。其结果是,在下一个世纪,富人的最后阵地,如亨丽埃塔街(Henrietta Street)和拉特兰广场(Rutland Square),将会陷入衰败并被卖给盘剥租金的房东。这样,北内城的大部分地区变成了欧洲最糟糕的贫民窟之一。与此同时,在河的南边,伦斯特宫周围逐渐形成了网格密布的优雅街道和林荫大道,其中许多至今仍保存完好并能正常通行,尽管大部分漂亮的老房子已用作办公场所。

当我最初搬来居住时,这座乔治王时代艺术风格的城市的很多部分依然矗立,但是也有很多部分消失了。正如莫里斯·克雷格在1992年指出的那样,事实上"与听那些痛惜都柏林被破坏的人的悲叹时可能做出的推论相比,其实都柏林的更多部分幸存了下来,而且还算井然有序"。但是,尽管如此,在战后的岁月里直到20世纪60年代末,在官方的批准下,这座城市遭到了骇人的轮番破坏。当时掌管国家的极端民族主义意识形态的拥护者们很少会欣赏乔治王时代艺术风格的优美建筑。事实上,他们中的许多人把乔治王时代艺术风格的都柏林看作英国征服者的可鄙的纪念碑,这些征服者在20世纪20年代初的独立战争中被驱逐出去。* 因此,官方肆意地许可大规模破坏——用叶芝的话说——"许多精巧可爱的东西"。拆除菲茨威廉街南侧一大片地区,为建造电力供应委员会的总部让路就是一个特别令人遗憾的毁损城市的例子。这是戴西·汉利曾强烈反对的一项开发。如果国库处于更良好状态,很可能会有许多其他这样的街道被夷为平地,为新野蛮主义让路。当时甚至还有一个计划:填平大运河和皇家运河(Royal Canal),在上面建造优质道路,下面通下水道。梅里恩广场的令人愉快那块矮林丛生的绿色核心区,当时是天主教会的财产,因此才好不容易躲过在上面建立一座巨大的教堂的计划——那是坏透了的大主教麦奎德的遗志。*

1969年,绿色财产(Green Property)——它碰巧是我在山街的房东—— 一家与执政的爱尔兰共和党有着紧密

---

* 我记得考古学家梅尔·德·波尔(Maire De Paor)告诉我,20世纪80年代在某个公开场合,她是如何硬拖住我们当时的爱尔兰共和国总理查尔斯·豪伊(Charles Haughey)——后者为自己是一个文化人而自豪,这一点在某些方面是当之无愧的——敦促他说,国家应该购买一批珍贵的乔治王时代艺术风格的银器,因为这些银器有可能在拍卖会上流失国外。她得到的答复是——伴随着著名的豪伊式咆哮——"欢迎英国人得到他们血腥的汤匙"。

* 我注意到,他在书中反复出现,就像木偶剧中的潘趣先生一样;事实上,当我想到这件事时,他与从前露天游乐场那个挥舞着棍棒、搬弄是非的人确实长得有点像。

联系的开发公司,获得当时的地方自治部长批准,拆除一大部分休姆街(Hume Street)——那是乔治王时代艺术风格的建筑另一个很好的建筑典范——从伊利广场(Ely Place)到圣斯蒂芬绿地(St. Stephen's Green)。计划公开后,这些建筑物立即被一群建筑专业的学生保护了起来,后来又有许多公众人物加入,其中包括后来成为总理的国会议员加勒特·菲茨杰拉德,以及爱尔兰未来的总统玛丽·罗宾逊。然而,有一天深夜,绿色财产派出了一支拆迁队,他们破坏了该街屋顶和房子内部的大部分。最后,该公司被迫在现场建起乔治王时代艺术风格建筑的赝品——莫里斯·克雷格轻蔑地将其斥为"不能令人信服的假冒复制品"——而街道的其余部分被保存下来。

也许,奇怪的是,这一切似乎没有对我产生太大的影响。事实是,我对都柏林的过去没什么兴趣,如果说到这一点的话,我对它的现在也兴趣不大。就算是在其辉煌的日子里,都柏林曾是大英帝国的第二大城市——建筑历史学家马克·吉鲁阿尔(Mark Girouard)说是"欧洲最优秀的古典城市"——或者它独一无二地拥有两条主要运河,或者威灵顿公爵出生在梅里恩街现在的爱尔兰共和国总理府的对面,这些和我有什么关系?对于我这个在创作中的作家来说,事实是乔伊斯利用这座城市为他自己的文学目的服务,并且在这样做的过程中,他将其用到了极致,正如卡夫卡对 K 所做的那样。所以,作为我的小说的背景,这个地方对我没有什么用处。诚然,我早期的一些短篇小说可辨认出是在都柏林发生的,但就这件事而论,它们也可以设定在伦敦,或巴黎,或莫斯科。直到很久以后,当我编造了我的神秘兄弟本杰明·布莱克时,我才看到 20 世纪 50 年代的都柏林作为他创作的黑色系列小说的背景的潜力。

因此就这样,我在很大程度上忽视了都柏林,就像我先前在很大程度上忽视了韦克斯福德一样。像之前一样,我试图用一种想法安慰自己,甚至为自己开脱,即这就是艺术家们所做的事情,想象是他们唯一能真正生活的地方。但我相信吗?几年前,我被邀请为一本六字"故事"集撰稿,沿着海明威杰作的路线——他写过的最好的东西之一:"待售:童鞋,未穿。"我对该书的贡献可能看起来很滑稽,但却蕴含着一个严肃而又必须被接受的事实:"应多生活,少写。"

在我的姨妈去世之后,我接替了她山街单元房的 99 年租约。不过住在那儿的早先岁月里,我很快乐——事实上,比我当时意识到的还要快乐。 我太爱我的那块都柏林

梅耶酒吧(Maye's Pub),北弗雷德里克街

的特殊地段。我现在认识到,尽管我怀有国际化的抱负,但我的感性本质上是属于小城镇的,而巴格特奥尼亚是我理想的韦克斯福德大小的地区,我不情愿越过它的边界冒险。因此,我一直很不像话地对这座城市的——例如——中世纪地区很无知,那是在斯威夫特[1]的圣帕特里克大教堂(St. Patrick's Cathedral)和吉尼斯啤酒厂(Guinness's brewery)周围,或者北边更古老的霍斯村(Howth)和周边地区。尽管最终我要在那里定居。那时霍斯村仍然是一个繁荣的渔村,我记得我带着两个年幼的儿子沿着西码头散步,看见穿木屐的渔民们打包一桶桶腌鲱鱼,准备出口到英国和斯堪的纳维亚半岛。那些场景萦绕在我的记忆中,色彩斑斓、热闹忙碌、古色古香,就像某位二流荷兰绘画大师的风俗画一样。

对于郊区,我一无所知,一想到那些大片的居民村和被烟尘熏黑的工厂的景象,我就畏缩不前。那里杂乱无章地点缀着一块块绿地,吉卜赛人的孩子们不用马鞍地骑着花斑小马疾驰,在我对这些地方的过度想象中,那里还有涂着布莱克里姆(Brylcreem)发蜡的狂暴的男青年参与帮

---

[1] 斯威夫特(Swift, 1667—1745),英裔爱尔兰讽刺作家、散文家、政治小说家、诗人和牧师,代表作《格列佛游记》,后成为都柏林圣帕特里克大教堂的教长。

派械斗,妻子会被殴打,女孩会给弄怀孕了,到了晚上,谷仓大小的酒馆里充斥着醉酒的喧闹声,总的来说,生活肮脏邋遢得不可救药。

我是一个多么拘泥谨慎、愚钝的年轻人,一个在任一方面都没有什么势利资格的势利小人。

……

即使在20世纪60年代初,山街也很少有私人公寓,晚上六点钟,当上班族都回家去了之后,巨大而梦幻般的寂静会降临在这个地区。周末也非常安静。7月的一个阳光照耀的柠檬味的星期日,在拂晓后行人稀少的时刻,我走在山街上,听到从高处一扇敞开的阁楼窗户传来,一个女人迷失在做爱的狂喜中的声音,她的叫声像一连串越来越快、越来越紧的微小针迹,鲜明地蚀刻在空气中。

谈到做爱及其令人心神错乱的狂喜,妓女们是在夏天的几个月里出来——噢,名副其实的山街![1]——忙她们的生意。在那些不眠之夜,在我的前窗下面,从黄昏到凌晨,猎艳的汽车会持续和低沉地嘶嘶作响,就像一条快速

---

[1] 英语里 mount 一词既可以用作名词,意为山,又可用作动词,意为爬到雌性动物身上以进行交配。

奔涌的河流的声音。传言说,山街的新月形街区有一幢房子,紧挨着"胡椒罐"教堂,那是一家营利性妓院,但我从来都无法确定它是哪幢房子。不管怎么说,大多数女孩在街上游荡寻找顾客,尽管她们在附近的某个地方一定有房间——也许在上、下山街之间狭窄拥挤的小巷和胡同里。我记得特别清楚,两个幽灵般的女人,可能是姐妹俩,穿着暴露的乌黑色连衣裙,搭档行动——为了做伴,毫无疑问,也许还为了互相保护——她们总是冲我忧郁地微笑,尽管她们仅从我的样子就知道,我不是她们的潜在顾客。我本想问问她们的生活,以及她们是如何走上街头的,但我总是太胆小,不敢停下来和她们交谈。她们可能还在某个地方活着吗,已婚,也许孩子已经长大成人?令人眩晕的猜测。也许她们设法摆脱了这种游戏,艰难地挺过来,甚至过得很富裕。

也许……

还有一个年龄大得多的女人——她一定已经 50 多岁了,又胖又不漂亮——她走路一瘸一拐,拄着一根结实的马六甲白藤手杖巡查她的管辖地带。虽然她又老又瘸,她的生意却出奇兴隆。一个温暖的夏夜,当我离开房子的时候,她在前面台阶的脚下向我搭讪,假装需要借火点香烟。

我咕哝说我没有火柴，匆匆跑了，与其说是憎恶，还不如说是害怕。当我在午夜时分回家时，她仍然在那里，看上去既沮丧又生气——这晚生意肯定很差。她又给我看了她那支没有点燃的香烟，问我是否有火柴，但是当我再一次从她身边走过去的时候，她在我后面疲惫地叫道，"啊，耶稣，孩子，我真的只想借个火点香烟！"我试图回想起她的面容，却只看到她凹陷的、搽了胭脂的脸颊和涂了口红的嘴巴。当然，如今，她应该早就不在人世了。我好奇她在哪里在什么情况下结束了她的一生，我不寒而栗。

一次，只有一次我确实鼓起了勇气，而且那是酒后之勇——我参加完一个派对走在回家的路上——和其中一个可悲的暗夜生物交谈。而且真的，如我所见，她不过是一个孩子，黑暗中蜷缩在梅里恩广场的栏杆边——如果不是因为她的香烟点燃的末端像一只跳动的萤火虫，我可能不会觉察到她。她楚楚动人，有一张满月形的小脸，刘海几乎遮住了她的眼睛。当我停下来的时候，我看得出她正在积聚力量来面对"做生意"这件事。然而，我很快让她知道，生意并不是我所感兴趣的。这让我们两个都不知所措，我们不禁陷入了一段时间的沉默，而栏杆后面的绿色植物发出轻柔的夜间低语。然后我听到自己问她——就好像我自己是个家长一样——她的父亲是否知道,这么晚了她还这副样子在外面。起初她很惊讶,但后来她眼中闪现出一丝被逗乐的苦涩表情。"哦,是的。"她干笑着说道,"他知道的,没事的。"这些话本身没有什么,但是在她的语气里,我清楚地听到了多年的疏于照顾和凌辱虐待的经历。这太让我受不了了,于是我转身离开,内疚地消失在夜幕里。

别人的生活和别人的不幸构成的深不可测的谜团,是多么的纠缠,萦绕人心。

在那些患了热病似的夏夜,我被深深吸引,坐在前窗的旧长椅上端详——只要日光持续——在楼下的大街上进行的交易。令人困惑的是,我看到的徘徊着猎艳的男人们看上去多么体面和"普通"。我认为,他们中的大多数人都结了婚,不过请不要问我,已婚男人和单身男人看起来有什么不同。如果他们是有妇之夫的话,我想他们是在寻找"一些特别的东西",就像"爱尔兰航空"(Aer Lingus)的空中小姐(那个时候仍这样称呼她们)强加给我的第三瓶香槟酒。她一边使眼色,撩拨地露齿而笑,一边低声说道:"啊,继续吧,这就像口交,在家里你可体会不到。"

顾客形形色色,而且据我辨认,来自各个阶层。当时流传一个故事,说一天晚上,一位著名的政府部长驾驶汽车在山街边上慢行跟踪女子并向其求欢,他急于发现一个适合的女孩,没有注意到道路施工标志,结果让他的捷豹汽车的侧轮陷入深深的沟里,这条沟是那天安装电话线的邮局工人挖的。惊慌失措中,这位达官贵人弃车而逃。不用说,有人来为他掩盖丑行:深更半夜,一队便衣警察来了,把车从沟里拉出来,然后小心翼翼地拖走。这件事逗得街上的女孩们大笑不止。这位政治家是个常客,由于性贪婪,他在她们圈内声名狼藉;那晚之后,她们给他起了个绰号叫"圣乔"[1]⋯⋯

现在,突然间,一想到那些工人和那条沟,让我回忆起——还没完全忘记——一天早上,我在山街遇到一个在下水道检修管道的男人。我不知道他是否是那帮邮局工人中的一员,而他们的杰作使圣乔栽了跟头。我正在过马路,当我快要踩在检修井盖上时,井盖突然打开了。一个戴着安全帽的脑袋突然冒了出来,那家伙盯着我看。他毫不迟疑地装出因恐惧而双目圆睁的样子,急切地问:"战争结束了吗?"每个行业都有自己的喜剧演员。

---

[1] 圣乔(Holy Joe),意为假装圣洁的人。

4　在街头

……

迪尔米德·欧·格拉达(Diarmuid O Grada)的著作《乔治王时代艺术风格的都柏林:塑造城市的力量》(*Georgian Dublin: The Forces that Shaped the City*)* 是一部文笔优美、观点深刻、装帧精美、充满激愤的作品,除了叙述都柏林建筑和文化的辉煌,它同样讲述了18世纪这座城市的道德败坏和悲惨境遇。欧·格拉达指出,辉煌吸引了以前的作家们,他们让这个主题在他们的写作素材中备受瞩目。然而,"那将是不正确的。"他(有意轻描淡写地)说,从它继续存在的荣耀中推断:

> 都柏林是18世纪下半叶欧洲城市管理最好的首都之一。但人口过密和肮脏污秽反而在都柏林达到了极点,并且有些时期这座城市完全失控。这种混乱主要是由不知名的动荡引起。

在一个关于卖淫的令人痛心的章节中,作者描绘了正

---

* 欧·格拉达似乎比莫里斯·克雷格对当时的社会阶层差距更加敏感。然而,克雷格对乔治王时代都柏林的贵族生活与普通民众生活之间的差异也不存幻想。在评论他于20世纪40年代末写书期间这座古老的城市的建筑还有多少仍然保存完好时,他写道:"贫穷先前在很大程度上成了保护剂,但谁也不能因此为随后开始的经济好转感到遗憾。"

在发生的灾难的规模,有那么多妇女发现自己被卷入这场灾难中。刚从乡下来的女孩,她们中的大多数人连一句英语也不会说,就进入了家政服务业,在那里,她们经常遭受虐待。然而除了沦为妓女,她们再没有其他的选择。此外,男人越来越多地接管了以前留给妇女的工作,如"理发、制作紧身胸衣架、制鞋,和——甚至!——助产接生,以及音乐、舞蹈、写作和外语教学"。对参与卖淫的妇女人数的估算肯定只是推测,他写道,虽然——

> 被逮捕的女性人数可能……暗示交易的规模。例如,1788 年 9 月在铜巷(Copper Alley)的一次突袭中,17 名站街女被拘留。过了几个晚上,巡夜者在圣斯蒂芬绿地附近围捕了 32 个女人。更为戏剧性的是,1799 年 7 月,在圆形大厅(Rotunda)和圣斯蒂芬绿地附近,约有 150 名妓女在 48 小时内被捕。

经济收益也能说明问题。皮条客玛格丽特·奥布莱恩(Margaret O'Brien)带着 600 英镑的收入离开了这座城市。玛格丽特·利森(Margaret Leeson),"都柏林妓院鸨母的老前辈",于1792年退休,又以600英镑的价格在布莱克罗克(Blackrock)买了房子。"伊丽莎白·麦克林(Elizabeth McClean),该市最成功的鸨母之一,她1798年结婚时为自己置办了4000英镑的嫁妆。"这些确实是非常大的数目,因为正如欧·格拉达告诉我们的那样,"在许多情况下,今天的物价比乔治王时代的高出100倍。"

爱,哦,轻率的爱……

……

我深信——也决不会因任何一位专家放弃我的信念——用来建造大部分乔治王时代的都柏林的砖块,拥有一种特殊的品质。人们常谈到"红砖"房,但红色是基础色:实际上颜色有很多——从玫瑰粉到镉黄、赭石黄再到白垩纹理的茜红,以及焦赭色,和一片片(一小片一小片)奇怪的水蓝色,即暗暗发亮的紫蓝色,这种紫蓝色似乎只有在某些夏末夜晚的光照下才被衬托出来。色调每过一个小时都发生微妙的变化,从清晨露水般的苍白到黄昏鲜艳的阴影。下雨的时候,啊,下雨的时候,砖块闪闪发亮,就像飞驰的赛马的侧腹一样。即使在晚上,砖块也会散发出微弱蜡黄的光芒,不知怎么地使房子呈现出一种守口如瓶、讳莫如深的面貌,好像正在思索和玩味白天下面街道上的举动一样,而它们先前缄默而警觉地见证了那些举动。那些大窗户闪耀着炉白色的光,阳光照在上面(尤其是在黎明和黄昏的时候),它们本身似乎是自己光辉的源泉。

这座城市在呼吸,它有自己的生命,独立于我们,而我们是它的寄生虫、它的白蚁、它的病毒——没完没了、到处都是。

……

关于文学上的都柏林,已经有很多著作,言论则更多。大约从第二次世界大战开始——爱尔兰作为中立国,一直将这场战争视为突发事件—— 一直持续到20世纪60年代中期,一切差不多都随着这座城市最声名狼藉的三个"人物"接二连三的死亡归于尘土。这三个"人物"是布伦丹·比汉、弗兰·奥布莱恩[1]和帕特里克·卡瓦纳。当然,都柏林文学圈子里还有许多更年轻的人继续成长:托马

---

1 弗兰·奥布莱恩(Flann O'Brien, 1911—1966),爱尔兰小说家、剧作家,本名布莱恩·奥诺兰。他生时知名度不高,处境困窘,直到近年才被重新发掘,被认为是20世纪爱尔兰文学史上的重要人物。著有小说《双鸟渡》《第三个警察》。

斯·金塞拉[1]，巴格特奥尼亚的桂冠诗人，他那首优美的诗歌《巴格特街荒漠》（"Baggot Street Deserta"），散发出那个时期的浓烈气息；[*] 布鲁克林出生的约翰·蒙塔古，他为了都柏林破败的辉煌，离开了度过少年时代的蒂龙郡（County Tyrone），抛下了那片崎岖不平的田野；诗人兼评论家安东尼·克罗宁[2]，他的《死如门钉》（*Dead as Doornails*）是关于那个时期最优秀和判断最精准的书之一；十分出色但又被大家忘恩负义般地忽视了的短篇小说家玛丽·拉文[3]，[*] 她住在上巴格特街附近的拉德巷（Lad Lane）；以及传奇般的——一个老套的字眼，但用在这儿再合适不过——詹姆

---

[1] 托马斯·金塞拉（Thomas Kinsella, 1928—），爱尔兰诗人、翻译家、编辑和出版商。

[*] 窗户很宽
在一座爬行的星光拱门上，夜晚
对一首大提琴组曲的
数学激情产生了微弱的反应……

[2] 安东尼·克罗宁（Anthony Cronin, 1928—2016），爱尔兰诗人、小说家、传记作家。

[3] 玛丽·拉文（Mary Lavin, 1912—1996），爱尔兰著名小说家。她的第一本短篇小品集《贝克桥的故事》（*Tales from Bective Bridge*）于1942年出版，获得了詹姆斯·泰特·布莱克（James Tait Black）纪念奖，开启了她在这一领域广受好评的写作生涯。

[*] 她是我已故的好朋友，卡罗琳·沃尔什（Caroline Walsh）的母亲，卡罗琳在《爱尔兰时报》（*The Irish Times*）接替我担任图书编辑。我仍然怀念卡罗琳，因为她的善良、快乐、不敬权威和诚实正直。

斯·帕特里克·"迈克"·唐利维[1],小说《姜饼人》(*The Ginger Man*)的作者。

顺便提一下画家弗朗西斯·培根[2],尽管他不失时机地离开了巴格特街,离开了这个国家,但他终归是在这条街上出生的。

毫无疑问,我说以下这些话会被人喝叱,但是那些名声最响亮的传奇人物创作的作品很少,虽然那些稀有作品确实件件宝贵。他们所处的喧闹世界的中心,就是格拉夫顿街的麦克戴德酒吧,他们在酒精的刺激下高谈阔论,许多"杰作"乍一出现就烟消云散,不见了踪影。我想,麦克戴德酒吧里的人物,在他们声名鼎盛时期,就充分利用了当时糟糕的时间和地点,设法找些乐趣,甚至还完成了一些作品。但是他们生活在一个没规矩的时代,缺乏活生生的榜样。他们的英雄,或者至少是他们口头上承认的大英

---

[1] 詹姆斯·帕特里克·"迈克"·唐利维(James Patrick 'Mike' Donleavy,1926—2017),爱尔兰裔美国小说家和剧作家,1926年生于纽约,曾在美国海军服役,二战后靠美国政府提供的退伍军人奖学金就读于都柏林圣三一学院,学习动物学。大学期间交游于都柏林波希米亚文艺圈,学业上收获寥寥,未能获得学位。他共创作12部长篇小说,另有若干中篇作品和剧本。但迄今最为成功的,是出版于1955年,反映二战后一代青年迷惘与痛苦的《姜饼人》。
[2] 弗朗西斯·培根(Francis Bacon,1909—1992),生于爱尔兰的英国画家。其作品以粗犷、犀利、极具强烈暴力与噩梦般的图像著称。他扭曲、变形和模糊的人物画使他成为二战后最有争议的画家之一。

雄，已经去世了：叶芝1939年逝世于法国南部，乔伊斯1941年逝世于苏黎世——后者对自己祖国的态度可以用他《芬尼根的守灵夜》里的一句话来巧妙概括，是关于"画家山姆"的一段诙谐的自传式表述："他甚至任性胡来，变成教区牧师，说他很快就能打发掉欧洲的肉末扁豆，远比对付爱尔兰的裂荚小豌豆快得多。"[1]

我在麦克戴德时代即将结束的时候来到都柏林，那些文学酒徒和健谈者们正苟延残喘。我总能看到比汉*和卡瓦纳还在那附近。比汉，尽管他的行为方式很疯狂，但是他住在一幢顶漂亮的房子里，在伯斯桥区（Ballsbridge）绿树成荫的安格尔西路（Anglesey Road），在巴格特奥尼亚最南端的边界之外，没什么危险。卡瓦纳，当时显然快死了，他会在我住的单元房外面的台阶上坐上几个小时，*一

---

[1] 此处译文采用戴从容译本。

* 西塞罗比我更经常看到比汉，认为他是一个"孟加拉"——也就是一个投机分子，正如"孟加拉枪骑兵团"（Bengal Lancer）中那些人一样。在他的许多成就中，西塞罗还掌握了同韵俚语（用同韵的单词或短语代替另一个平常使用的词，如伦敦方言中用apples and pears代替stairs——译注）。

* 有一天我还在帕森斯书店的橱窗里看到了他；他不折不扣地在橱窗里，因为他已经爬上有斜度的展架，坐在那里，双肘支在膝盖上，周围和屁股下面全是陈列的书籍，他专心地浏览《伦敦杂志》（London Magazine）。他可真是一大景观，穿着他平头钉的靴子，破旧的帽子戴在后脑勺上，喃喃地说着轻蔑的评语，假装没有注意到路人的瞪视。他们内心深处都是爱炫耀的人，哪怕是他们当中最粗鲁的。

瞪着马路对面多尔曼出版社(Dolmen Press)的地下办公室。多尔曼是当时主要的诗歌出版社,由当时未受颂扬的,或至少是未受足够颂扬的英雄之一利亚姆·米勒(Liam Miller)管理。*我只遇到过一次弗兰·奥布莱恩——迈尔斯·纳·高帕林,也就是布莱恩·奥诺兰[1]。那是秋日的一个黄昏,在柔和的微光中,我看见他在空寂无人的格拉夫顿街上摇摇晃晃地走着,帽子歪斜,上衣后摆在10月的大风中飘来摆去,喝得烂醉,身影透着几分悲凉。

这座城市有太多的骗子、装腔作势者和蹩脚诗人。但也有真正有才华的人,不仅仅是艺术家,还包括学者,不管他们多么古怪——比如历史学家和系谱学家约恩·"教皇"·奥马霍尼(Eoin 'The Pope' O'Mahony)和民俗学家谢默斯·恩尼斯(Seamus Ennis)。而且我们有真正风趣的人。其中,我最喜欢的是外交官兼记者肖恩·麦克·雷摩因(Sean Mac Reamoinn),我想部分原因是我有幸能认识了解他。我还记得他1962—1965年在罗马为爱尔兰

---

* 前几天,我在书架上偶然发现了一本久已忘却的明信片大小的《乔治王时代艺术风格的都柏林:詹姆斯·马洪的25张彩色铜版画》(*Georgian Dublin: Twenty-Five Colour Aquatints by James Mahon*),多尔曼出版,并附有序言,序言的作者是——还有谁?——莫里斯·克雷格。你看到了吗?一切都搅在一起。

1 弗兰的原名。

电视台对第二次梵蒂冈大公会议做的精彩报道——"当然,我当时根本不在罗马,"多年后,他假装向我透露这个"秘密",只见他明亮的眼睛瞪得老大,带着抑制不住的笑意,"这一切都是在好莱坞的露天片厂秘密完成的。"作为一个思想开明的天主教徒,麦克·雷摩因认为,梵蒂冈教皇约翰二十三世的大公会议将从根本上改造教会,它的确这么做了,尽管不一定会变得更好。

大约十年前我和他一起吃过午饭——他于2007年去世——在他最喜欢的餐厅之一,梅里恩街的"独角兽"。他患有严重的肺气肿,呼吸困难。"别逗我笑!"他会喘息着说,只见他紧紧抓住自己的胸口,翻着眼睛,八字胡会因为疼痛立起来,令人哭笑不得。我让他发笑的可能性很渺茫,但是那天下午我们快告别的时候,我肯定笑岔了气。

当妙语被写下来的时候,往往会失去锐利劲儿,但我还是忍不住要举出麦克·雷摩因说过的几个最精彩的例子。那一天我们刚开始用餐的时候,我问他身体好吗——我很有礼貌,因为很明显,他活不长了——他可怜地摇了摇头。"我就像人口普查,"他说,"按年龄、性别和宗教分类。"[1]我还记得他的一位记者同事告诉我,在唐尼布鲁克区(Donnybrook)一家酒馆深夜聚会结束时,肖恩遗憾地站起来准备离开,而桌子上还有酒,他说:"呃,我现在要回家去了,在一个'哮'妻面前跷起腿休息。"但他最精彩的一句话无疑是当他听到有人重复西里尔·康诺利[2]的名言"每个胖男人的身体里都有一个瘦男人想出去"时的即时妙语。"是的,"肖恩说,"每个瘦女孩的外面都有一个胖男人想进去。"

如果麦克戴德酒吧里的所有人都效法他们的艺术前辈流亡国外,他们是不是不会活得这么悲惨?对了,这一点应该指出来:爱尔兰作家从来都不仅仅是移民,他们总是"流亡"。

和所有城市一样,这座城市有怪人才能完整,但都柏林如此之小,就显得怪人似乎极其众多,他们中大多数人可悲又可怜,有身体或精神上的残疾(或两者兼而有之),但还有一些人明显增添了城市的欢乐气氛。奥兰莫尔家族和布朗家族的加雷思·布朗阁下(Hon. Garech Browne)——他母亲是吉尼斯家族成员——他穿的粗花呢衣服,十分粗糙,一看就是现成品,肯定是他自己织的,而且他会戴着大礼

---

[1] 英语里,break down 一词,既有分类的意思,又有毁掉的意思,所以后半句话又可理解为"我被老年、性行为和宗教毁了"。

[2] 西里尔·康诺利(Cyril Connolly, 1903—1974),英国文学评论家和作家。曾为《新政治家》《观察家》和《星期日泰晤士报》等刊物撰稿。作品有《不安的坟墓》(*The Unquiet Grave*)等。

帽、披着斗篷、驾着四轮马车，停在谢尔本酒店（Shelbourne Hotel）门外，一副漫不经心的自在模样，彰显着自己独特的风格。他坐在高高的驾驶座上是那么华丽的一个景象，以至于每当看到他时，我都想喝彩。他仍然健在，生活在一汪湖泊下游的一座魔法城堡里，这汪湖泊只是威克洛郡（County Wicklow）众多刀刻斧凿般湖群中的一支分流。

比加雷思更加光彩夺目的是一个久居山间的人，我以为他是凯尔特人酋长。他挂着串珠，留着大胡子，头发未经修剪，十分吓人，他会在城里四处流浪，他身上裹着围毯，肩上披块格子呢毯子，右手握一根大权杖，权杖比他自己还高一英尺，粗得像壮汉的小臂。据西塞罗说，他身边有一群和他装束类似的少女，无论他到哪里，她们都跟着他，带着崇敬的神色缄默不语，虽然我从来没有见过她们。他是个精明的老家伙，向游客收取五英镑的拍摄费。我在想，他晚上去哪儿？在某个城市公园里，是否有长满青苔的石窟，在其中一个洞穴内，他和他的女祭司们躺在炽热的篝火旁，梦到了古代的日子？

……

麦克戴德时代的爱尔兰对于任何有着艺术抱负的人

"凯尔特人的酋长",20 世纪 70 年代的都柏林

来说都是一个无法立足的困苦之地。20世纪80年代初，冷战非常激烈的时期，我第一次访问东欧时，我立即觉得极其熟悉：他们有政党监视他们从摇篮到坟墓的生活，而我们的天主教会做着同样的事情。正如英国历史学家休·特雷弗-罗珀（Hugh Trevor-Roper）不厌其烦地指出的那样，这两者只不过是同一枚贬值硬币的两面。

就像在布达佩斯、布拉格或华沙一样，在都柏林，知识阶层在某种意义上也是靠狡猾的谨慎与绝望的幽默尽力生存下去。我已故的朋友，小说家约翰·麦加恩[1]曾尖刻而有趣地讲述自己被克朗塔夫（Clontarf）的贝尔格罗夫学校（Belgrove School）解除教学工作的故事，那是在他的小说《黑夜》（*The Dark*）被审查委员会查禁之后。他被叫到校长办公室，校长是一位嗜酒的神职人员，对他说："你知

---

[1] 约翰·麦加恩（John McGahern, 1934—2006），20世纪下半叶爱尔兰文坛杰出的小说家，英国《卫报》称他是"自萨缪尔·贝克特以来最伟大的爱尔兰作家"。1965年，他的小说《黑夜》因"有伤风化"遭爱尔兰政府查禁，他被迫放弃教师职位，并离开爱尔兰，移居伦敦。五年后，他才返回爱尔兰，定居于利特里姆郡。麦加恩出版过六部长篇小说，其中1990年的《在女人中间》是他最知名的作品，先后获得爱尔兰时报文学奖和GPA奖，并入围当年布克奖决选名单。他也是一位短篇小说写作大师，著有四部短篇小说集。他的名字享誉爱尔兰文坛，其作品影响了包括科尔姆·托宾在内的诸多爱尔兰年轻一辈作家。

道，我们最在意的不是书，而是你非得该死地去娶一个离过婚的女人，还是个外国人。而在国内，女人们正奄拉着舌头渴望男人。"麦加恩的第一任妻子，安尼基·拉克西（Annikki Laaksi）是芬兰人。

"不过，"麦加恩干巴巴地回答，"她们奄拉的舌头不是冲着我！"

是的，这故事很有趣，但后果并不有趣：约翰不得不移民到英国，在那里打零工，包括在建筑工地上打工。神奇之处在于他无怨无悔。他甚至还带着他的第二任妻子玛德琳回到爱尔兰，住在离他出生地不远的地方。也许我对他最美好的回忆，就是他带我和我的妻子去游览他最喜欢的草地，草地靠近他在利特里姆郡（County Leitrim）福克斯菲尔德（Foxfield）的一个湖边的房子。"看那儿，"他一边眺望着长满青草和野花的田野，一边说，"这难道不会让你高兴吗？"后来，他用帽子装满了野蘑菇，带回家请玛德琳烹调。

我经常在想——我不敢直截了当地问他这个问题——在他的湖畔岁月里，难道他不会时不时地留恋从前在都柏林的日子吗，但是，我总是回想起诗人菲利普·拉金和一位采访者之间的对话，后者问他是怎么选择住在英国北部的赫尔（Hull），"离中心这么远"。对此，拉金报以恶狠狠的猫头鹰似的目光，反问道："什么的中心？"

即使是我——尽管我很年轻——也不太能想象巴格特奥尼亚是任何事物的中心，尽管它有着破败的魅力。我带着轻微的蔑视和一丝傲慢的同情看待麦克戴德那帮人——事实上，我从来没有，一次也没有跨过那家酒馆的门槛，我更喜欢再往前走一条街到"尼亚里"，一家文明的酒馆，过去有并且现在仍然有——我前几天察看过——四盏漂亮的、白球状的、工作着的煤气喷灯，沿着吧台每隔一段距离就有一盏。

酒馆几乎是我们拥有的一切：都柏林不喜欢餐馆。拿骚街（Nassau Street）有詹迈特餐厅（Jammet），但很少有人能吃得起那里的餐点，除了到访的显贵，或古怪的电影明星，当然还有迈克尔和希尔顿，如果由他们以前在大门剧院的导师朗福德勋爵和夫人（Lord and Lady Longford）——勋爵夫人瘦得像只画眉鸟，而勋爵体型庞大得像头小象——买单的话。我们其余的人大约只能在韦斯特摩兰街（Westmoreland Street）的帕拉迪索餐厅（Paradiso）偶然来次快乐的宴会——16便士的芙蓉牛排，或者在格雷沙姆饭店（Gresham Hotel）或谢尔本酒店的马蹄铁酒吧（Shelbourne's

Horseshoe Bar)享用火腿三明治和一杯掺柠檬汁的啤酒。现在,那里灯光昏暗、离经叛道但氛围惬意,就像当年一样。

20世纪70年代初,我在伦敦"探索者和华堡"出版社(Seeker & Warburg)的编辑,现在已故的大卫·法勒(David Farrer)访问都柏林——他不是来看我,而是看克里斯蒂·布朗(Christy Brown),后者的小说《生不逢时》(*Down All the Days*)即将为作者和出版社赚一大笔钱——并带着我和我妻子在老"罗素酒店"(Russell Hotel)吃晚饭,该酒店位于哈考特街和圣斯蒂芬绿地的拐角处,现在早已荡然无存。那是一顿非常好的晚餐,太好了!以至于这么多年后,我仍记得我吃了什么:先是鱼汤,接着是炖小牛胫,然后是巧克力慕斯。我们喝的葡萄酒的价钱——我想首先是一瓶蒙哈榭(Montrachet),然后是天鹅绒般醇厚的圣爱斯特菲(St-Estephe)——可能并不比"探索者"为我的第一本书付给我的预付款少多少。大卫在业内可以说是个传奇人物——当时出版业仍有活着的传奇。战争期间,他曾是比弗布鲁克勋爵[1]的私人秘书,后来写了一本关于这个老怪物的回忆录,《G——代表全能

---

[1] 比弗布鲁克勋爵(Lord Beaverbrook, 1879—1964),生于加拿大的英国出版家,英国政府行政官员,内阁大臣,加拿大裔金融家大亨。著有《政治家与报纸》《政治家与战争》等。

的上帝》(*G—for God Almighty*)。*

他告诉我们，在他的第一份工作中，他经常骑着大象去上班。

"是的，"他说，显然享受着我们困惑的凝视，"要知道，我是一位印度王子的家庭教师，每天早上九点整，驯象师会带着一头大象来到我的平房，我会爬上这头野兽，缓缓地向皇宫移动。非凡的动物，大象……"

然后，他为自己点了一杯白兰地，但没为我们点上一杯。毕竟我在名单上排名靠后。*

像"罗素"那天晚上的款待是很少见的，如果确实有其他类似的招待的话——尽管现在我想起来了，在道森街（Dawson Street）的希伯尼亚酒店（Hibernian Hotel）也有一顿难忘的午餐，庆祝詹妮弗·约翰斯顿[1]一本早期小说

---

* 有一天，比弗布鲁克在电话里向大卫口述一篇社论，因为电话线路通讯很差，大卫不得不要求他一直重复一个词，直到最后，恼火的勋爵大人在电话里大声嚷道："面对(*Facing*)：F代表傻子(*fool*)，A代表屁股(*ass*)，C代表阴道(*cunt*)，I代表我(*I*)，N代表无(*nothing*)，G代表全能的上帝(God Almighty)!"
* 我的经纪人后来向我解释了大卫的社交等级顺序：在伦敦，像我这样的小鱼小虾被带到希腊街的"马车和马酒馆"喝一杯，后起之秀被邀请在同样位于希腊街的"美食花园"(Jardin des Gourmets)吃午餐，而布克奖的候选人之类在嘉里克文学俱乐部(Garrick Club)得到酒饭招待。
1 詹妮弗·约翰斯顿(Jennifer Johnston, 1930—)，爱尔兰小说家、剧作家，生于都柏林的文学世家，父亲是剧作家丹尼斯·约翰斯顿。作品有《船长与国王》(*The Captains and the Kings*)、《天堂之旅》(*How Many Miles to Babylon?*)等。

的出版。出版午餐！然后就是很遥远的往事了，就像吊带袜和餐后雪茄。在"希伯尼亚"的那次午餐中，因为香槟气泡直冲我的鼻子，我不停地打喷嚏。我还记得一位非常牛气的年轻女性，我想是出版商的妻子，听到我冷嘲热讽地评论我们周围环境的富丽堂皇——希伯尼亚真的很奢华——她怀疑地问道，我是否碰巧是，嗯，我是否是社会主义者。在我有机会回答之前——我现在纳闷，我会说些什么？——她突然欢快地高声大笑起来。英国人从来不会把爱尔兰人太当回事，这是我的想象吗，还是我的看法是正确的？当我在英国的时候，我有一个印象，就是和我交谈的每个人都是勉强忍住才不笑出来的。

在"詹迈特""罗素"和"希伯尼亚"的天平的另一端，是位于巴格特街的加伊餐厅。玛格丽特·加伊（Margaret Gaj），娘家姓邓禄普（Dunlop），是一个跑在时代前头的女人。在战争中，她是红十字会的护士，遇见并嫁给了一个波兰士兵，博莱斯瓦夫·加伊（Boleslaw Gaj）和他一起搬到都柏林。在那里，作为一个有进取精神的女人，她开了一家餐馆，最初在莫尔斯沃思街（Molesworth Street），和"希伯尼亚"仅一箭之遥，后来迁到了巴格特奥尼亚的中心地带。加伊太太——大家都这么叫她——应该完全知道如何回答出版商的妻子乱开玩笑地向我提出的问题,也不会容忍嘲弄的笑声。她是一位积极的左翼活动家,也是20世纪60年代兴起的许多社会抗议团体的成员和推动者。她参加了都柏林房屋行动委员会(Dublin Housing Action Committee),该委员会举行了街头抗议,要求改善穷人的住房,她还是爱尔兰妇女解放运动的倡导人之一。她的餐厅是一个理智、自由、愉快的避难所,两先令六便士的香肠和薯条不仅便宜,而且就像我的一个朋友常说的,是"一个了不起的紧线器"。

巴格特奥尼亚之外的最好的酒馆,事实上,这座城市最好的酒馆,是帕克盖特街(Parkgate Street)的瑞安酒馆,就在凤凰公园的主入口下面,那是一幢漂亮而宽敞的房子,由瑞安先生亲自打理。他又高又瘦,淡黄色的头发,走路一瘸一拐,看上去像是在用篙撑着一条隐形的贡多拉前行。* 他穿着白衬衫和黑色马甲,还系着一条长长的管状黑色围裙,这样的围裙在巴黎侍者身上仍然可以看到。直到20世纪70年代,女性都不被允许进入"瑞安"的酒吧。当一个人带着女朋友进来的时候,瑞安先生会噘着嘴,几乎察觉不到地点一点头,用食指抠一根细绳,细绳一路穿过

---

* 西塞罗告诉我,这位非常威严的瑞安先生有一个不太相称的绰号叫"小手鼓"。

房间,末端连接到雅室的弹簧门锁上;门会悄悄地打开,那个人溜进去,细绳将被放开,咔嗒一声,门会急速关闭,在那里我们能享受到雅室中才有的温暖和舒适。

我们喝什么酒?当然是吉尼斯黑啤酒,简直有浩瀚的海洋那么多——虽然我从来没能喜欢上它——和威士忌。威士忌有尊美醇牌,以及鲍尔斯牌,后者据说比尊美醇口感更醇厚;但从来不喝苏格兰威士忌。有一段时间,流行喝混合了黑醋栗汁的牙买加朗姆酒,这种酒会在口腔的顶部沉积一层厚厚的甜渣,你努力舔掉它又会使你的舌根疼。也有啤酒,滑腻腻的史密斯威克牌,平淡无奇的嘉士伯牌和巴斯牌,最后这个牌子的啤酒名声有点不大好,因为在20世纪30年代,这是卑贱的劳动者常喝的酒,曾经是爱尔兰共和党抵制英国商品运动的主要目标。

允许妇女进入酒馆,却不准她们点一品脱的啤酒。我刚刚记起这件事,心里充满了惊奇,一个女人可以同时点装在两个玻璃杯里的两个半品脱的酒,但是不能点装在一个玻璃杯里的一品脱。这条荒谬的规则从何而来,我们为什么如此温顺地遵守它?在专制政权之下——那些日子,爱尔兰实施精神上的专制——民众变得如此胆怯,以至于心甘情愿地为政府效劳。正如每个专制统治者都知道的那样，人民自己的自我审查是最有效的。20世纪90年代，当一些神职人员对儿童的性侵事件和天主教会对其罪行的掩盖被揭露出来，几乎一夜之间，它的霸权结束了。我这一代人挠了挠头，用颤抖的声音质疑道："我们怎么能让他们逍遥法外这么久呢？"但是当然这个问题自身包含了自己的答案：我们让他们逍遥法外。权力更多时候是被放弃的，而不是被人剥夺的。

尽管我们受到压制，但我们会在任何可能的地方寻找世俗的小乐趣。比如，每个人都抽烟，而且认真地抽，好像这是一种责任。我们喜欢的牌子有"玩家"(Player)、"黄锡包"(Gold Flake)、装在可爱的忍冬色包装盒中的"甜美的亚顿河"(Sweet Afton)，还有"忍冬"(Woodbines)，最后这种是属于劳工阶级的，除了我们中最穷的人，所有人都敬而远之。有一段时间，我喜欢"丘奇曼"(Churchman)，这烟非常时髦，而当我处于不在意的亲英阶段时，间或转向"皇家海军"(Senior Service)。在每家酒馆里和每个派对上，香烟烟雾像一个实心立方体站在空气中，在房间里弥漫，蛛网色，稠密得挥之不去。在结束的时候，我们会跌跌撞撞地来到外面湿冷的黑暗中，咳嗽气喘，手掌痛苦地压在上下起伏的胸骨上。经历了室内的闷浊空气之后，夜晚总是令人惊讶,又清洁又寒冷,用某种方式表明它对我们、对我们半醉的吵闹不敢苟同。破报纸和丢弃的炸薯条纸袋会沿着路中间滚动,像风滚草一样。在废弃物中搜寻食物的海鸥——近距离观察时会觉得它们极其巨大——会带着轻蔑的审慎,轻声尖叫着远离我们。

最近,我有一位在美国生活和工作的意大利朋友来都柏林,为旅游杂志写一篇关于爱尔兰的文章。一个夏日,我在"旋梯"餐厅(Winding Stair)和她碰头,我们坐在窗前,窗外是飞快掠过的云朵和铅灰色的利菲河,一派冬天似的景象。她在城里闲逛了几天,观察人们,还顺便走访了酒馆和酒店娱乐厅。"我有一个发现,"她说,"我意识到,酒对爱尔兰人来说,就像阳光对于南方的拉丁人一样。"我笑了,因为这是个有趣的见解,但也是真实和深刻的,如果从某一合适的立场来看。即便我们这些喜欢爱尔兰的气候,珍惜它温和的天气和它细腻、银白、千变万化的光线,也必须得有一些让我们增添活力和振奋精神的东西。

能替代酒馆,也许更确切地说是和它互补的东西,是电影院,或者说影屋——当我们暂时忘了其标榜社会地位提升时,我们会这样称呼它们。它们主要集中在奥康奈尔街及其周围。它们的名字有一种富丽堂皇、古色古香的宏伟：卡尔顿（Carlton）、大都会、大使、阿德尔菲（Adelphi）和它们当中的王太后：可容纳近 3000 名观影者的萨沃伊（Savoy）。多么壮观的景象啊：当灯光亮起来，你环顾楼座上巨大的圆形剧场，看到那么多茫然的做梦人正努力从两小时的幻梦中醒来——他们刚被这幻梦施了催眠术——幻梦在巨大和环绕的宽银幕上飘浮、闪烁。电影是人民的诗歌，在影屋里，我们飞快地遇到当今的奥林匹斯众神——明星，电影明星！——不可思议地美丽，不可思议地自信，完美无瑕，却又没有半分真实，就像从前的众神。

尽管影屋到了 20 世纪 60 年代已经破旧不堪，但我最喜欢的仍是"国会大厦"（Capitol），它在王子街（Princes Street）上，门厅与老"王子酒吧"成直角。"王子酒吧"是都柏林最好的酒馆之一，现在早已荡然无存。"国会大厦"建在《自由人报》（Freeman's Journal）的原址，于 1920 年开业，除了电影院外，还有一家餐厅、一家咖啡馆、一家酒吧和一间舞厅。在舞台上现场表演的演员包括索菲·塔克（Sophie Tucker）——是的，索菲·塔克！——约翰·麦考马克（John McCormack）、W. C. 菲尔兹（W. C. Fields）、贝尼亚米诺·吉里（Beniamino Gigli）和保罗·罗伯逊（Paul

Robeson)。最后一次现场表演是在1953年。"国会大厦"像"王子酒吧"一样,很久以前就被拆掉了。现在的王子街充其量是周围廉价商店的卸货河湾。

我所知道的唯一一家位于巴格特奥尼亚范围以内的电影院是"格拉夫顿影屋"(Grafton Picture House)——由理查德·奥彭(Richard Orpen)设计,他是画家威廉·奥彭(William Orpen)的兄弟——它位于3B格拉夫顿街(Triple-B Grafton Street)。从20世纪50年代末开始,它只放映动画片和新闻,但是二楼有一家咖啡馆,这是一个款待你的女朋友喝下午茶的高级场所。在那里,不同于白日梦,我与我生命中第一个真正的爱人,第一次正式约会。她的名字叫斯蒂芬妮·德拉海(Stephanie Delahaye)。啊,斯蒂芬妮,当你坐在栏杆旁边的桌子前,低头喝茶的时候,我只要闭上眼睛——不,我甚至不需要闭上眼睛——我就能看到你纤弱、苍白的后脖颈,左下方点缀着一颗小小的巧克力色的痣。我想像自己甚至可以听到外面格拉夫顿街的喧嚣,阳光在路人忙碌的双腿间滚动着金圈。

在多厅影院时代到来之前的那些日子里,每家电影院都是一座巨大的宫殿,霓虹灯闪烁,长毛绒座椅,俗丽得不能再俗丽,有头发顺溜光滑的门警巡逻,他们不会容忍小流氓或他们女朋友的胡闹,接待你的有中年女引座员——美妙的字眼!——她们挥舞着手电筒,就像火焰之剑,随时提防后排的下流行为,严惩乱丢垃圾者,无所畏惧地驱逐侮慢无礼和喧嚣吵闹的人。幕间休息时,深红色的幕布——凯瑟尔·邦多尔女士脆硬、闪亮的礼服颜色!——会唰啦一下关上,在舞台前,散发磷光的聚光灯下,会出现一个仙女般的幻象,仿佛从九天下降到凡尘,她穿着暴露的短裙,鲜艳的小礼帽洋洋得意地歪向一边,托着一盘诱人的甜食出售:玛氏巧克力条、吉百利牛奶(Cadbury's Dairy Milk)、盖子内侧巧妙地别着把小木铲的小桶HB冰激凌、一袋袋爆米花、苏格兰氏族太妃糖、柠檬纯糖……糖在我们的嘴里,银幕上也甜得发腻。

影屋的色情潜力是一个公开的秘密,从少年时代后期开始的每个男性都知道。允许我们看到的电影经审查官办公室严重删减,以至于剩下的没有什么意义,所以我们在很大程度上可以自由地忽略银幕上正在发生或未发生的事情,而把注意力集中在将一只手——甚至双手——伸进我们女朋友的衣服里。允许我们触摸的几个区域中最受欢迎的是长筒袜上方大腿裸露的部分。这个肉垫——我应该说这些肉垫,因为毕竟有两个,尽管你很少被允许触摸其中之一,当然更不能触摸这两者的中间了——柔软、丰满、凉爽,教给我关于使人神魂颠倒的人体美学的第一课。现在回想起来,在生命的深秋——还是初冬?——我深信,艺术和色情是密切相连的,就像一对躺在彼此怀里的恋人。我不认为我在这方面异想天开了。年轻男性的生活不常被美的火花照亮。我相信,青春期的我——那个可怜的装腔作势的人为他肤浅的感情瑟瑟发抖——在女孩身上想要和希望得到的,与其说是和肉欲有关,还不如说是对精致的向往。或许我的言语太多愁善感。

而女孩们,她们的欲望是什么?即使我没有充分考虑过这件事,我也可以通过一个想法来稍许安慰自己,即这个问题哪怕是弗洛伊德老爹也不能假装知道答案——他自己不是问,女人想要什么?但那些女孩们,在正厅后排闪烁的昏暗中,被人用年轻男人甚至是所有男人都精通的手段连哄带吓地一通乱摸,她们是什么感觉?当然,她们自己可能都弄不明白自己复杂的情绪——兴奋和恐惧,渴望和厌恶,欲望和……什么?也许是单纯的刺激?

这座城市的第一家艺术电影院是伊登码头的"阿斯特"(Astor),它于20世纪50年代初开业,放映了德·西卡(De Sica)的《偷自行车的人》。在20世纪50年代末前后,

4 在街头

表姐玛丽·B和我经常从韦克斯福德出发去城里旅行——怎么去的？坐火车？乘大客车？——去看下午放映的新浪潮电影,导演包括英格玛·伯格曼、费德里科·费里尼、弗朗索瓦·特吕弗、路易斯·布努埃尔、让-吕克·戈达尔、阿伦·雷奈……他们当中我最喜欢的是米开朗琪罗·安东尼奥尼,除了他名字中悦耳的多音节,最吸引我的是他的电影请到了世上最优雅和最有魅力的电影明星。我仍然记得,当我努力解开电影《奇遇》中未解开的、也可能是无法解开的谜团时,震惊之余又有一种无法抑制的满足感——记得那水龙卷吗？对于一个导演来说,这是多么幸运的机会,能在一个场景的拍摄过程中,拍到水龙卷从海上升起,充满了魔力,也暗含着危险。

《奇遇》里的明星,雕塑般美丽的莫尼卡·维蒂是电影里所有的朦胧欲望对象中最令我渴望的。即使是在我生活在小镇上的少年时代,我也知道安东尼奥尼的作品应该是对战后西方资本主义的强烈的存在主义控诉——但是,哦,坐在落满灰尘的长毛绒座椅上,看那个精致尤物的黑白影像从"阿斯特"的小正方形银幕上向我赫然走来,我经常想:哦,在莫妮卡·维蒂的怀里还能不开心！

丘比特这个爱神,潜伏在各种角落,等待着突然袭击。

5　登毗斯迦眺望巴勒斯坦

1966年3月,凌晨时分,我被远处砰的一声响从睡梦中惊醒,这声音又不是那么遥远,以至于我卧室窗户的玻璃嘎嘎作响。我以前从未听到过这样的声音,突如其来,古怪地低沉,不知何故还有些沉闷,我想不出它是什么原因引起的。这个岛上充满了噪声,我迷迷糊糊地想,然后又睡着了。早上,收音机和报纸上到处都是这条新闻。凌晨1:30,爆炸摧毁了这座城市最著名的地标,奥康奈尔街中央的纳尔逊柱。1916年起义的50周年纪念日,爱尔兰共和军——自20世纪50年代在与北爱尔兰接壤的边界发动零散且往往是闹剧的爆炸活动草草收场以来,一直处于休眠状态——决定用一个"盛况"来纪念这一事件。在以后的几十年里,我们将知道和害怕"盛况"这个词。

众所周知,这柱子 1809 年竖立于当时的萨克维尔街(Sackville Street),开发商卢克·加德纳的优美的乔治王时代艺术风格的林荫大道,庆祝海军上将纳尔逊四年前在特拉法加(Trafalgar)海战中的胜利。奠基石的饰板上刻着这样的铭文:

> 借着万能上帝的祝福,在此纪念尊敬的霍雷肖·纳尔逊子爵,西西里岛布朗蒂公爵,皇家海军白色舰队副海军上将卓越的英雄业绩,1805 年 10 月 21 日,他在特拉法加角附近的战役中英勇阵亡。他为他的国家战胜了法国和西班牙的联合舰队,这在海军史上是无与伦比的。凯旋柱的第一块石头是由里士满和伦诺克斯的查尔斯公爵,中将兼爱尔兰总督,于 1808 年 2 月 15 日,即我们最仁慈的君主乔治三世 48 年奠定的,由捐款者任命竖立这座纪念碑的委员会见证。

我欣赏这段读起来起伏铿锵的句子,但我最喜欢的是整段话在最后落入俗套的方式,当出现"捐款者任命……的委员会"的时候,突然降为平凡陈腐,即使是大写字母也不能赋予它所希望的庄严感。我想起了《尤利西斯》中独眼巨人一章末尾——当利奥波德·布卢姆(Leopold Bloom)被迫逃离巴尼·基尔南(Barney Kiernan)的小酒馆,跳上一辆双轮马车,避开极端民族主义和反犹太人的"市民"的愤怒,后者向他身后扔了一个饼干罐——华丽的、模仿英雄诗的句子:

> 此刻,看哪,他们所有的人都为极其明亮的光辉所笼罩。他们望到他站在里面的那辆战车升上天去。于是他们瞅见他在战车里,身披灿烂的光辉,穿着宛若太阳般的衣服,洁白如月亮,是那样地骇人,他们出于敬畏,简直不敢仰望。这时,天空中发出"以利亚!以利亚!"的呼唤声,他铿锵有力地回答道:"阿爸!阿多尼。"于是他们望到了他——确实是他,儿子布卢姆·以利亚,在众天使簇拥下,于小格林街多诺霍亭上空,以四十五度的斜角,像用铁锹甩起来的土块一般升到灿烂的光辉中去。[1]

---

[1] 此处译文采用萧乾、文洁若夫妇译本。

5 登毗斯迦眺望巴勒斯坦

纳尔逊纪念碑由英国建筑师威廉·威尔金斯（William Wilkins）设计，但是为了削减成本，他的方案由阿马（Armagh）的弗朗西斯·约翰斯顿（Francis Johnston）进行了修改，后者还设计了邮政总局（General Post Office）……哎呀！即使在我写作的时候，乔伊斯式的夸张隐语对我的影响仍久久不散！但是，向前，向前，不管怎样！

都柏林人对纳尔逊柱的态度总是模棱两可。共和党人自然憎恨它，但是对我们其他人来说，它是市中心一处方便的约会地点，对我们来说，它的存在太过根深蒂固，太过熟悉，以至于我们几乎不再注意到它本身的意义。炸毁它的时候，爱尔兰共和军干得非常有效率——可能是英国军队训练的结果，因为许多爱尔兰共和军成员参加过敌人的部队，学习了作战的技能——爆炸对周围的建筑造成的损坏极小，主要是震碎了商铺和办公室的窗玻璃，停在附近的一位出租车司机侥幸逃过一劫。当然，爱尔兰共和军的"男孩们"考虑很周到：花岗岩柱只有一半倒塌，几天之后，爱尔兰陆军的工兵被派来完成拆除工作。

1969年，政府出台了听起来有点滑稽的《纳尔逊柱法案》，法案关停了一家将这座纪念碑作为旅游景点运营的财产托管机构——只要交少量的费用，人们就可以进入柱子内的楼梯，经过艰难而令人头晕的攀登，到达顶部的观景塔——并向受托人支付了收入损失赔偿金。多年来，人们提出了各种建议，关于应该用什么来替代纳尔逊柱，但是毫无结果，直到2003年，千禧年塔（Millennium Spire）被深深钉进遗址的中心。

人们对破坏纳尔逊柱的反应，总的来说是觉得这很有趣。当时，爱尔兰共和军作为一支军事或政治力量并不被重视，尽管如此，人们对他们执行这次行动所展现的专业技能和沉着自信留下了深刻印象。警方对这起爆炸案的调查似乎是三心二意的。英国报纸的一篇报道称，有6名男子因涉嫌该事件而遭到逮捕并受到盘问，但即使是这样，他们也从未受到指控。也有传言说，是埃塔（ETA），即巴斯克分离主义组织完成了这项工作，作为一次例行训练。直到2000年，爱尔兰共和军的前成员利亚姆·萨特克利夫（Liam Sutcliffe）才在接受爱尔兰电视台采访时声称：他和一群现在被称为持不同政见的共和党人，在乔·克里斯蒂（Joe Christie）的领导下——乔的"鲁莽"导致他被爱尔兰共和军从队伍中驱逐出去——执行了"矮胖子行动（Operation Humpty Dumpty）"，他在纪念碑顶附近放置定时炸弹。萨特克利夫后来受到爱尔兰警察盘问，但他没有受到任何指控。

现在回头看看,我们经历了30年来的北爱尔兰的部落屠杀,* 再回想到纳尔逊柱炸弹可能造成的伤亡,不禁吓出一身冷汗。当时我们只是耸耸肩膀,或者哈哈一笑。我们像屡教不改的孩童,因为破坏没有造成什么伤害就洋洋得意,高兴地看着成人世界的一些东西倒塌下来。当时,有一首滑稽歌曲,叫《纳尔逊上了天》("Up Went Nelson"),歌词由一群贝尔法斯特(Belfast)的教师胡乱拼凑而成,一连几个星期在边境以南的"畅销唱片排行榜"上位列榜首。

纳尔逊柱出现于乔伊斯的《尤利西斯》最复杂和较有趣的某一章节,斯蒂芬·迪达勒斯(Stephen Dedalus)向聚在一起的报社朋友们讲述"两个都柏林处女"的故事,她们扫荡自己的存钱罐,为远足攀登纪念碑、眺望城市的景色筹集资金。情节只要再稍微扩充和发展,这个故事本可以完美纳入乔伊斯令人赞叹的短篇小说集《都柏林人》中。斯蒂芬把他的趣闻命名为《登毗斯迦眺望巴勒斯坦》或《李子寓言》(*A Pisgah Sight of Palestine* or *the Parable of the*

---

* 在南方也一样,让我们不要忘记:1974年5月17日发生在都柏林和莫纳汉(Monaghan)的爆炸案。它由北爱尔兰志愿军(Ulster Volunteer Force)实施,可能是在英国安全部队的帮助下,杀死了33人和一个未出生的孩子。这是北爱尔兰动乱中最致命的合作大屠杀。

Plums)。在这里面,纳尔逊被称为"独臂奸夫",是斯蒂芬的许多调皮但故意不好笑的表述的典型例子。然而,乔伊斯极为喜爱这两位女冒险家,他虚构的故事也十分温暖、准确,谁能抗拒?根据斯蒂芬的叙述,这对处女——

> 她们在马尔巴勒的北城食堂,从老板娘凯特·科林斯手里买了1先令4便士的腌野猪肉和四片面包。在纳尔逊纪念柱脚下,又从一个姑娘手里买了24个熟李子,为了吃完咸肉好解渴。她们付给看守旋转栅门的人两枚3便士银币,然后打着趔趄,慢慢腾腾地沿着那螺旋梯攀登,一路咕哝着,气喘吁吁,都害怕黑暗,相互鼓着劲儿。这个问那个带没带上咸肉,并赞颂着天主和童贞圣母玛利亚。忽而说什么干脆下去算了,忽而又隔着通气口往外瞧。荣耀归于天主。她们再也没想到纪念柱会有这么高。[1]

西塞罗的家里有一块纳尔逊柱的碎片。他住在大运河口的——如果运河有河口的话——南码头,那儿的前身

---

[1] 此处译文采用萧乾、文洁若夫妇译本。

5 登毗斯迦眺望巴勒斯坦

是18世纪的一个谷物仓库，他和他太太把它变成了这座城市中最引人注目的住宅之一。隔壁是U2乐队的录音棚，是他卖给乐队的。当噪声变得太大时，他告诉我，他就在墙上敲鞋子，让他们把音量调低。他从十几岁起就一直在收藏东西。他客厅的墙壁上嵌入了一条石门楣，乔伊斯那两位勇敢的处女本来会从那个大门出发，开始她们的空中冒险。* 门楣上，漂亮的镀金字母刻着纳尔逊的名字——或如石匠的正确说法，西塞罗告诉我，纳尔逊的名字是"镶在里面，用金色衬托出来"的。

今天我们要去看海军上将的头颅。在探访都柏林的过去的这些旅程中，我们达成默契，就是西塞罗决不会事先告诉我，我们要去哪里——"如果我告诉了你，那么我不得不杀了你。"这给每个事件增添了一种孩子般的期待感，对此，我内心的七岁孩童的反应，就像他过去常做的那样，他走过那些12月8日的黑暗，在去乘火车、去珀西广场、去

---

* 据报道，维特根斯坦在都柏林逗留时也登上了纳尔逊柱。看来，他和他的朋友德鲁里医生，像一对逃学的学童，在沃尔沃斯公司（Woolworths）买了两台廉价的相机，去柱顶站在海军上将的影子里，拍摄了这座城市的全景照片。我想起《逻辑哲学论》（Tractatus）末尾的一段："我的命题应当是以如下方式来起阐明作用的：任何理解我的人，当他用这些命题为梯级而超越了它们时，就会终于认识到它们是无意义的。（此处译文采用贺绍甲译本——译注）

纳尔逊雕像的头部,20世纪70年代

克利里百货公司和棕榈滩冰激凌店的路上,以及在去幸福的路上,那是最简单的一种状态,却又很难得其门而入。

当我们在西塞罗热情奔放的双座小汽车中坐定后——只听油门鸣的一声——我脑里仔细思考着一个问题,霍雷肖高贵的头颅可能存放在哪里。由于纳尔逊柱是如此之高——134英尺或40.8米,如果你必须知道的话——我猜想它上面的雕像是巨大的,所以头颅肯定会安置在,比方说,某个乔治王时代艺术风格的大广场旁某幢曾经富丽堂皇的排屋的舞厅中。我幸福地想象自己在它旁边摆姿势拍照,那东西和我一样高,而我手肘若无其事地倚靠在英雄的石耳朵上。但是,那么我们为什么还要来到更远处"非B"的皮尔斯街?西塞罗是一位令人钦佩、非常出色的向导,但有时对确切地点的模糊感也会降临到他身上。我们不得不在汽车喇叭此起彼伏的车流中来上至少三次180度大转弯,然后我们终于突然,而且对我来说,出乎意料地停在了——皮尔斯街公共图书馆门前。

当我最初爱上图书馆的时候,我还很小。我经常在梦里发现自己重游韦克斯福德郡图书馆,它现在安置在马林街一座又大又漂亮的现代建筑中,离北站不远,而北站是我很久以前12月生日旅行的起点,但这座图书馆那时位于精美的仿哥特式郡政厅的中心。你沿着宽阔又有回音的铺着油毡的走廊进入这个有垛墙的高大宏伟的建筑物,爬上一段巨大的石头楼梯,推开一扇沉重的木门,它就在那里,是一个舒适的天堂,空气中弥漫着地板蜡、被阳光漂白的书脊和安妮特·弗拉兴小姐(Miss Annette Flushing)的香水气味。

弗拉兴小姐金发碧眼、面色红润、戴着眼镜,是三位助理图书管理员之一。她站在柜台后面的一个台子上,所以,当我向她走去,请她在我一周的借书证上盖章时,我会发现自己的视线与她美妙的圆锥形乳房齐平,那乳房撑开了一件浅蓝色的安哥拉毛衣。我知道,我知道,她一定也穿过其他种类的衣服,女式衬衫等,但她穿着那件特别的毛衣的样子已经在我脑海里根深蒂固。我敢肯定,如果她的胸围不那么吓人,我会爱上她的,我的又一个幻影宝贝。

弗拉兴小姐和其他员工一样,一贯和蔼、乐于助人,而且就我而言,她富有同情心。我不知道我为什么似乎需要同情,但即使是图书馆馆长,一位发白如银、有点古怪的老太太,招待我时也好像我是隐秘的慢性病患者一样,仔细听我的询问，缓慢而轻柔地回答，还经常从柜台后面走下来，把我带到这个或那个我需要的书所在的书架前。在我看来，她们在我的借书证上盖章时甚至带着一种特殊的克制和温柔。但也许去那地方的所有常客都这么想。也许他们都认为自己被视为是独一无二的，都是得了同一疾病的虚弱患者，都是病态的嗜书狂，仿佛在一家文学的美沙酮诊所，正在接受弗拉兴小姐及其同事们的成瘾治疗。

她有一位同事，是个英俊、穿深色西装的年轻人，他喜欢和我聊天，聊书籍和作者，一点也不自视甚高，有一天甚至把他自己那本阿尔贝托·莫拉维亚[1]的《两个女人》(*Two Women*)借给我——该书不幸沦为审查委员会的牺牲品。当我打听这本书时，弗拉兴小姐嗤笑了一声——她有着非常匀称的大白牙，上门牙总是会沾上些口红——但我的朋友，在她身后，向我招手，带我穿过房间后面的门，从消防梯下到停车场，来到他的车旁，从汽车仪表板上的小柜中取出那本书，扭头左看看、右看看，然后把橙色封面的企鹅版平装书塞到我手里，同时会心地眨了眨眼。

---

[1] 阿尔贝托·莫拉维亚(Alberto Moravia, 1907—1990)，20世纪意大利最重要的新写实主义小说家之一。莫拉维亚的作品充满了自省意识，批判社会冷漠、堕落的习气。代表作品有《罗马女人》。

审查委员会的工作得到了一帮人的协助,他们自封为这个国家集体纯洁性的维护者,这些目光敏锐的义务警员,在公共图书馆拉网式秘密排查淫秽书籍。在格雷厄姆·格林较"令人恶心"的宗教小说《权力与荣耀》(*The Power and the Glory*)中,主人公是一位"威士忌神父",他有一个前情妇生的女儿。在韦克斯福德郡图书馆的这本藏书中,女儿的名字已被划掉——不是裁掉,而是用锋利的刀片非常小心地从书页表面刮掉,只因这个名字被禁止发表。注意,在纸上留下一个光秃秃的半透明的斑块,好像单单一个名字就可能亵渎神灵,不应该让任何一个思想健全的读者看到。试想一下:有人借了这本书,带回家,坐下来狂热地看上几个小时,然后把这本书还给图书馆,毫无疑问地沉浸在满足当中,因为他孜孜不倦地执行了上帝无休无止的工作中又一个小小的但重要的部分。

我很尴尬地承认,我自己曾在那家图书馆犯过一次罪:我偷了一本书。那是狄兰·托马斯[1]的《诗集》(*Collected Poems*)——像许多神魂颠倒的书呆子青少年一

---

[1] 狄兰·托马斯(Dylan Thomas,1914—1953),英国作家、诗人,代表作《死亡与出场》《不要温顺地走进那个良宵》等。其诗歌围绕生、欲、死三大主题。其诗风粗犷而热烈,音韵充满活力而不失严谨;其肆意设置的密集意象相互撞击、相互制约,表现自然的生长力和人性的律动。评论界普遍认为他是继奥登之后英国的又一位重要诗人。

样，我认为托马斯是那个时代的重要诗人之一——用没有光泽的黑色粗硬布面纸装订好的漂亮精装版，由老牌大出版社"J. M. 登特父子"出版。我垂涎那本书好几个月了，最后再也无法抗拒：我把它藏在诗歌区的一个书架后面，等了漫长的 6 个星期，看有没有人会去动它，然后把它藏在我的外套下面溜了出去，我的双手因这次行为的鲁莽而吓得直哆嗦，我的脸因行为的可耻而发烫。我确信，当工作人员终于发现书丢了时，他们非常清楚小偷是谁，但是即便这样，他们也从未盘问我。为了减轻我良心的不安，我在遗嘱中留下了一小笔遗产，作为对图书馆的赔偿。我好奇他们会用这笔钱买哪些书。不会是我的，我相信。

皮尔斯街图书馆，或者给出其华丽的全称，都柏林城市图书馆和档案馆，是一个古老的机构，而且不寻常的是，它坐落在一幢漂亮的十九世纪建筑里，这建筑是专门为它的服务目的而设计的——而像所有的前殖民地一样，爱尔兰大多数公共机构占据的建筑物，后来再利用时都改变了它们最初的意图，结果常常是不协调的。它藏书丰富，精心运营——不知是我的想象，还是我去的那天确实在值班的两位图书管理员的眼里，瞥见了弗拉兴小姐和她在郡政厅里的同事们多年以前慷慨地给予我的同样的同情和关心的表情？我猜，人对书籍的相思是每个图书管理员都能立即诊断出的疾病。

西塞罗和我乘电梯到阅览室。图书馆阅览室里的宁静，真是给人莫大的安慰！

"啊！"西塞罗说，"纳尔逊先生在那里。让我们过去说句话吧。"

愚蠢的是，我四下张望，寻找我以为会是图书馆馆长之类的那个人，但我看到的只是一个石头头颅。而且它也不是我预想的五英尺高的庞然大物，因为它只比真人的脑袋的尺寸稍微大一点。它立在阅览室角落一个小小的底座上，表情遭到破坏，这是意料之中的——毕竟，这强悍的家伙被炸上过天。它经过风化已经变得光秃秃的，眼窝凹陷，嘴巴松弛。最引人注目的一块地方，或者说缺失的地方，是他失踪的鼻子。据说，其是在1916年起义期间被一颗流弹击中。总而言之，他看起来像一个鼻青脸肿的职业拳击手。有些令人惊讶的是，他有头发，这必然意味着，科克市的雕刻家托马斯·柯克（Thomas Kirk），让他不戴帽子站在高处餐风沐雨。

正如我们所知道的，不协调是生活的恒久状态之一。一个夏日的午后我站在都柏林城市图书馆内观看一个没有躯干的石头头颅。这头颅原本属于特拉法加海战胜利者的一座雕像，50年前的一个夜晚，被一群爱尔兰共和军狂人从柱子上炸掉，这也许不能说是我一生中所经历的较不可思议的事件组合之一，但是，仍然让我感觉极其怪异。博尔赫斯在某个地方评论说，现实的表面不时地在这里或那里显露出一条微小的裂缝，透过它，我们有那么一刻能瞥见一种完全不同的事物秩序的可能性。我和纳尔逊海军上将的相遇无疑打开了其中的一条裂缝。

我想起来，这里又有一个例子，说明有时候偶然性是如何从世界上看似无缝的袋子中钻出了一角，被释放出来的。正如我之前所说的，当我以本杰明·布莱克为笔名写第一本小说《堕落的信徒》(*Christine Falls*)的时候，我让男主人公住在经过美化的山街单元房里。20世纪50年代我常去那里拜访我的南姨妈，后来我自己住在里面。该书的英国版将由"斗牛士"出版社(Picador)出版，设计师从美国盖蒂图片社(Getty Images)拿来的8000万张——是的，8000万张——静物照中，挑选了一幅有情调的照片来设计。这张照片大概是在20世纪50年代拍摄的，一个女人在拱门下方一条短而平缓的鹅卵石街道上行走，通过拱门可以看到一条绵延的街道，薄雾笼罩的远方有一些高大狭窄的房子纷乱的脊背。我喜欢这张照片，认为它完全适合这本书的时代和"感觉"。此外，那场景使我感到似曾相识，但我说不出为什么。

不久之后，在访问纽约时，我去拜访我的编辑约翰·斯特林，他在我的本杰明·布莱克小说的美国出版商亨利·霍尔特出版公司（Henry Holt）工作，公司在熨斗大厦（Flatiron Building）里设有办公室，那座大厦是市中心第五大道上一座引人注目的——并有着令人吃惊的现代感的——混凝土和玻璃结构的楔形建筑物。约翰知道"斗牛士"为《堕落的信徒》封面选择的那张照片，他向我展示"霍尔特"最近出版的另一本书，是战争结束时来自柏林的匿名者的日记。令我惊讶的是，在它的封面上，同样使用的是盖蒂图片社那张走在鹅卵石街道上的女人的照片。约翰和我一致认为，这是一个令人愉快的巧合，奇特，而且——像所有的巧合一样——也有点怪异，甚至有点令人不安。

"斗牛士"如期出版了《堕落的信徒》，而且封面照片选得如此迷人、贴切，以至于其他一些欧洲出版商，包括雅典的卡斯塔尼奥蒂斯（Kastaniotis）在内，决定将此照片用于他们的那个版本。第二年，当卡斯塔尼奥蒂斯的版本出版时，我的朋友，现在已故的希腊编辑安提奥斯·赫里索斯托米季斯那时来到都柏林,制作一部关于我和我的作品的电视纪录片。他很想看看书中出现的都柏林的一些地方,当然,我先带他去了山街,夸克——也是我过去——喜欢并且非常熟悉的地方。那是星期日,街上空无一人,沿着街道走了一会儿,安提奥斯突然停下来,指向左边。"看,"他说,"这是照片上的街道!"

是它,就在那里:斯蒂芬广场,拱门下的鹅卵石街道,从上山街通往下山街。多年来,我无数次经过这个地点,然而,令人惊讶的是,我在照片上没有认出它。然而,更令人称奇的是,"斗牛士"的设计师们完全是偶然地从盖蒂图片社那里拿来的数以千万计的照片中选择了这张作为封面设计图,这张照片是在上山街拍摄的,书中虚构的主人公在此拥有他的单元房,照片展示的场景是夸克——还有我——每天都会走过的。

几年前,在巴塞罗那的一个晚宴上,客人中间碰巧有四位统计学家,他们向我保证,没有所谓的巧合。当然,他们是对的,屋内的那四个计数器。但是尽管如此……

在这里,只是为了好玩,我又要讲一个不可能是巧合的巧合。我应邀去苏黎世的詹姆斯·乔伊斯中心(James Joyce Centre)举行朗诵会,这个中心由弗里茨·塞恩管理,他是我认识的最有魅力,当然也是最风趣的乔伊斯研究者——我认识一些的,相信我。我在晚上举行了朗诵会,第二天早上,当我正要去机场赶中午的航班回家时,弗里茨送给我一首十四行诗的复印件,作者是和我同姓,19世纪法国诗人西奥多·庞维勒[1],诗里出现了"月桂树被砍倒了"的句子,这也是爱德华·杜雅尔丹[2]的小说的名字,乔伊斯说是这本小说给了他启发,让他有了在《尤利西斯》中使用意识流技巧的想法。这又是一小串令人愉快的联系,是对我访问该中心,也是对该中心热情好客的负责人的贴切的纪念物。我很高兴认识他。

我飞回都柏林,当天下午的晚些时候,我正在桑迪芒特过马路,此时,我几年没见面的一位老朋友碰巧开着他的汽车经过。他放慢车速,摇下车窗,对我喊道:"我一直在读《龚古尔期刊》(*Goncourt Journal*),它们到处提到了西奥多·庞维勒!"他继续开车,我继续走到马路的另一边,当我踏上人行道时,一个女人拍了拍我的肩膀说,"我

---

[1] 西奥多·庞维勒(Théodore de Banville, 1823—1891),法国诗人,高中毕业后,庞维勒开始文学创作。1842年出版了第一部诗集《人象石柱》,引起当时文学批评者的注意。1846年又出版了第二部诗集《钟乳石》。1857年发表《短歌集》,同年发表的《奇歌集》,受到维克多·雨果和圣勃夫称赞。

[2] 爱德华·杜雅尔丹(Edouard Dujardin, 1861—1949),法国小说家、剧作家,意识流文学技巧的早期探索者之一

的好朋友弗里茨·塞恩告诉我,昨晚你在乔伊斯中心举行了一场精彩的朗诵会!"

所以,是的,没错,没有所谓的巧合。

……

我和霍雷肖头颅面对面,只是西塞罗为我们安排的一天冒险中的第一个。为了到达我们的下一个目的地,我们将穿越到城市的北面,在那里被投递到两个截然不同版本的过去中,这两个版本在同一栋房子里层叠交错。渡过利菲河对任何一个住在南边的人来说都是痛苦的经历。当我们沿着皮尔斯街一路急行,朝河边驶去时,西塞罗问我:"你的签证整备好了吗?"一路上我们的双座敞篷跑车引得许多人羡慕地扭头观望。老爷车永远不会失去魅力。

卢克·加德纳[1]是宇宙的主宰,早在宇宙这个特定的名词存在之前即已出现。他是家中五个儿子中最小的一个,他出身卑微,但用"崛起"这个词来形容他再恰当不过,因为他很快就买下了该市的大片土地,包括杰维斯街(Jervis Street)地区圣玛丽修道院(St Mary's Abbey)几乎所有的地产,这使他成为河北岸最大的土地所有者。他还

---

[1] 卢克·加德纳(Luke Gardiner,1690—1755),爱尔兰房地产开发商和政治家。

做了那时每个有抱负的绅士会做的事，他结了一门很好的婚事。他娶的妻子是安妮·斯图尔特，她的父亲是尊敬的亚历山大·斯图尔特，祖父是威廉·斯图尔特，蒂龙郡的蒙霍伊子爵（Viscount Mountjoy）。加德纳在18世纪20年代着手的第一个大开发项目是亨丽埃塔街，这条街道从博尔顿街（Bolton Street）开始，在"国王客栈"的后门突然到头。*18世纪中后期，亨丽埃塔街是乔治王时代的都柏林最时髦的住址之一。* 据西塞罗说，这条街的三号建筑是爱尔兰——实际上也是英国——最漂亮的房屋之一。

这幢房子建在原来附属于四号建筑的一块土地上，可能是个花园，四号的主人是卡文郡（County Cavan）的下院议员约翰·麦斯威尔（John Maxwell），即后来的法纳姆勋爵（Lord Farnham）。1754年，麦斯威尔的女儿嫁给了斯莱戈郡的欧文·韦恩（Owen Wynne），此人像他岳父一样是下院议员，根据辉煌而无价的在线网站"Irish Aesthete"说，也像他岳父一样，是"机会主义者的后裔"——该网站

---

* 克里斯廷·凯西指出，"国王客栈"对亨丽埃塔街的"冷遇"是"特别明显的"，她无疑是正确的。客栈建在曾经有个漂亮的名字"普洛弗田野"（Plover Field）的土地上，它是石头建造的，相当威严，像一只巨大、畸形、臃肿而华丽的青蛙，蹲在街道的顶端。从另一面，面对宪法山（Constitution Hill）的一面看，会好得多。毕竟，它是由天才詹姆斯·甘登（James Gandon）建造的。

* 莫里斯·克雷格告诉我们，1792年，都柏林人名地址簿"列出了一位大主教、两位主教、四位贵族和四位下院议员（其中一位是贵族的长子）"住在那里。

亨丽埃塔街

的座右铭俏皮而大胆:"这不是矛盾修辞法"——他买下了原本属于隔壁的一小块土地(也许是作为结婚礼物得到的),并且在那里建造了后来成为亨丽埃塔街三号的房子。

房子破旧不堪。正面的砖墙严重"散裂"——在我们的短途旅行期间,西塞罗教我的又一个新词——室内所有的房间情况都很糟,尽管在某些情况下,数量惊人的天花板石膏装饰图案或多或少保持完好。亨丽埃塔街的衰落是在"国王客栈"建成时开始的,许多房子被收购,变成了律师事务所。* 客栈的基石是在1800年奠定的,签署《联合法案》的那年——严格来说,是《双联合法案》,因为有两个法案合二为一。该法案将大不列颠王国和爱尔兰王国合并为大不列颠及爱尔兰联合王国,该法案当时是——而且在某些方面现在仍然是——在这个经常不幸的岛屿上引发许多愤怒、祸患和冲突的导火索。

自20个世纪中叶以来,北边的显贵们紧随基尔代尔伯爵,一直稳步地南迁过河,在伦斯特宫周围的地区创建了一个新的乔治王时代艺术风格的都柏林——没错,巴格特奥尼亚。现在,随着爱尔兰议会的解散,可以说就是这

---

* 迪尔米德·欧·格拉达指出,"到了18世纪60年代,全市有1000多名律师,并且人数不断增长。18世纪末时,又回落到一半。"

样——其成员仅限于英国圣公会的新教徒——爱尔兰的许多英国房东卖掉了房子,搬到了"大陆",即英国。到了19世纪末,开明律师特里斯特拉姆·肯尼迪(Tristram Kennedy)——他是19世纪40年代饥荒时期的改革派地产经纪人,他还创建了国民小学,并创办了卡里克麦克罗斯(Carrickmacross)的花边产业——已经买下了这条街的3/4房产,出租给他的法律同人们。因此,多亏了肯尼迪——他显然是个正派的人,也是个细心的房东——直到19世纪80年代,这条街的结构在很大程度上被保留下来。然而,肯尼迪于1885年去世后,到了19世纪90年代末期,他的大部分房产被都柏林的前市长约瑟夫·M. 米德(Joseph M. Meade)收购。正是这个可恶的收取高额租金的房东——或者说"保障性住房"的提供者,就像他今天可能会被认为的那样——下令把他在亨丽埃塔街拥有的房屋分割成无数单独的房间,以尽可能多地提供给城市里众多的穷人。于是这条街变成了贫民窟。

西塞罗和我在街的三号建筑与一位友好的房地产经纪人会面,他同意让我们参观一下这所房子。他给了我们安全帽和亮黄色的安全背心。西塞罗告诉我,原来的固定装置,包括楼梯和壁炉,已被拆除并在伦敦出售——大多是高级市政府官员米德的杰作——但是,当我们从一个楼层爬到另一楼层时,房子曾经的辉煌显而易见。那里有原装的嵌板门——"摸摸那木头,"西塞罗激动地对我说,"你难道感觉不到它的品质和工艺吗?"——而不久之后,我的脖子将因为仰望尚未完全毁坏的美丽的石膏天花板而肌肉抽筋。然而,这座房子给人最直接的印象是它完美的比例,每个房间都有自己的个性,自己的特点。这座建筑是为了人在里面优雅地生活而建造的——甚至可以说是为了审美地生活。

在其中一间卧室,我们发现了一小块原始壁纸,仍然粘贴在原位。它是浅灰色的,图案是某种植物的羽毛状叶子,很雅致,但我不认识。突然间,就像在维柯路汉利夫人的花园里一样,我被带回那不勒斯湾,送回赫库兰尼姆(Herculaneum)——公元79年和庞贝古城一起被喷发的维苏威火山摧毁的另一座城镇。与被熔岩流吞没的庞贝城不同,赫库兰尼姆被掩埋在火山灰中,镇上许多漂亮的房子及其大量的内部装饰,包括复杂的镶嵌地板、色彩鲜艳的大理石墙、精美细致的壁画等得以保存。

赫库兰尼姆很久以前就毁灭了,但它原有的荣光依然闪耀。这张壁纸的碎片只存活了三个世纪,我为什么要为

亨丽埃塔街三号建筑

它感到惊奇呢?但我确实很惊奇,我在这里跨越了多少层时间,我站在多少层重叠成瓦状的过去之上?古代的意大利,乔治王时代艺术风格的都柏林,肖恩·奥卡西[1]悲惨的公寓大楼……

"这不是很神奇吗?"西塞罗喃喃道,一边用指尖触摸墙上的纸片,"这不是很神奇吗?"

---

1 肖恩·奥卡西(Sean O'Casey,1880—1964),最优秀的爱尔兰剧作家之一。被称为"一个来自工人阶级的粗犷的天才",以描写战争和革命时期的都柏林贫民窟的现实主义悲喜剧而闻名,在爱尔兰文艺复兴中占据重要地位。1926年移居英国。除剧本创作外,奥卡西还写了四部戏剧评论和一系列自传。

都柏林乔治王时代的建筑,1970 年代摄

6　花园里的女孩

我 18 岁的时候第一次见到巴黎。这是一个很好的年龄，庆祝如此重要的顿悟。18 岁，你已经足够成熟，不至于被这个伟大世界的奇观吓倒，但又足够年轻，可以用新鲜又开放的目光关注它们。当我说见到巴黎的时候，我说的是字面意思，因为我几乎把在那儿的所有时间都花在了户外。我在莫里哀街一家破旧的小旅馆五楼租了一个单间，客人白天不会有心情在这个地方闲待着，我也没那么多钱在餐厅长时间地用餐，或者在左岸咖啡馆里闲坐几个小时。所以我走了又看，看了又走。

给我最直接和最强烈印象的是雕像。在爱尔兰，我们往往会竖立巨大的基座，在上面放置小小的雕像，我们慢慢地不再那么渴望荣光。然而,在巴黎,那些巨大的石像傲然地矗立在我们面前,它们规模巨大、雄伟无比、栩栩如生。一想起很久以前的那次游览,第一次冒险进入卢森堡公园的记忆就浮现于眼前。那是九月的一个下午,阳光下,大树斑驳地染上稻草的颜色,金色细尘形成的烟雾飘在空中。看着刻意悠闲散着步的小布尔乔亚、梦幻般闲逛的情侣以及玩耍的孩子,我觉得我已经走进了雷诺阿或劳尔·杜飞的油画,甚至是华托的一幅游乐画。

多年以后,我曾经间或住在卢森堡公园附近一位朋友的公寓里,下午会带我女儿去公园。当时她还是个蹒跚学步的孩子,她喜欢那地方,因为那里有巨大的树木和平整的草坪、大理石栏杆、水池和喷泉。她不时会在其中一座巨大而宏伟的雕像前停下来,用敬畏和好奇的目光抬头看着它,仿佛这个人呼唤她,引起了她的注意,就像它们几十年前引起了我的注意一样。现在她长大了,住在巴黎,卢森堡公园是她最喜欢和常去的地方之一。

如今,我们对公园和游乐园司空见惯了,以至于忘记了它们是多么了不起的发明。虽然它们和古迹一样古老——想想巴比伦的空中花园吧——但公园是启蒙运动及其价值的典型公共表现。如果说安德鲁·马维尔[1]不仅写过诗歌《花园》("The Garden"),还写过《针对花园的割草机》("The Mower against Gardens"),那么亚历山大·蒲柏[2]认为,文雅地培育草地和树篱于某类人而言,是合宜的工作,他们一心想在有限的空间里优雅地掌控一切,以使它臻于完美。野蛮的自然必须要以良好的举止驯服。公园创造者的目的是安抚和开化。曼哈顿的中央公园、伦敦的海德公园(Hyde Park)和巴黎的布洛涅森林公园(Bois de Boulogne)无疑是有史以来用于追求休闲的最昂贵的大片土地之一。

然而,宏伟固然很好,但是我怀疑我们每个人都希望有某处更谦逊、更隐秘的地方,可以在里面欢欣地徜徉。当我最初住在都柏林的时候,我发现与其说我是欣赏它的建筑,还不如说我经常被这座城市的公园吸引,我想是出于对我乡下之根的淡淡的,甚至是无意识的怀恋。首先是凤凰公园,一片广阔而无序的半荒野——尽管正如莫里斯·克雷格所警告的那样,它并不像看起来那么"天

---

1 安德鲁·马维尔(Andrew Marvell,1621—1678),英国诗人。著有许多政治讽刺诗和小品文,抨击政府的腐败和宗教的迫害。大部分诗作都是在他死后发表的,其中最著名的作品有《致羞涩的情人》《花园》和《哀叹幼鹿之死的仙女》等。
2 亚历山大·蒲柏(Alexander Pope,1688—1744),18世纪英国最伟大的诗人,杰出的启蒙主义者。他推动英国新古典主义文学发展。代表作品有《秀发遭劫记》等。

然"——它沿着利菲河的北岸延伸开来。它的总面积为1752英亩,比伦敦的海德公园、摄政公园(Regent's Park)、肯辛顿花园(Kensington Gardens)、圣詹姆斯公园(St. James's Park)、格林公园(Green Park)、格林尼治公园(Greenwich Park)和巴特西公园(Battersea Park)全部加在一起都大。克雷格和凯西都向我们保证,这个名字与从自焚灰烬中重生的神鸟无关,而是源于爱尔兰语的温泉井(*fionn uisce*)一词,因为附近有这样一口温泉井涌出。

这座公园是那个最卓越的爱尔兰人的杰作,他叫詹姆斯,也叫奥蒙德公爵,或者给出他完整的头衔,詹姆斯·菲茨托马斯·巴特勒,奥蒙德第一代公爵,奥蒙德第十二代伯爵,奥索里第五代伯爵,奥蒙德第一代侯爵,布雷克诺克第一代伯爵,嘉德勋爵。巴特勒家族是爱尔兰重要的英国家族之一,自12世纪诺曼人入侵爱尔兰以来,他们一直是该国东南部的领主。詹姆斯出生于1610年,父亲瑟勒斯子爵(Viscount Thurles)是一位天主教徒,他在这种信仰教育中长大,直到家族中一连串的死亡事件使他成为直接继承人。就在那时,英国的詹姆斯一世决定,巴特勒家族的继承人应该是一个新教徒,于是将送他到坎特伯雷大主教乔治·阿博特(George Abbot)的家中居住。后来,当他成为爱尔兰总督时，公爵的宗教信仰使他在奥蒙德氏族中遭到怀疑，因为他们中的大多数仍然信奉天主教。然而，早年的天主教徒生活，使他对爱尔兰的天主教人民很有好感，至少不厌恶。作为一个在伦敦的年轻人，他认真对待自己的爱尔兰人身份，采取了不同寻常的措施——更确切地说，对于他那种家族谱系和地位的人来说是不同寻常的，即至少学习一点点爱尔兰语。后来，当他被任命为英国统治这个国家的权威人物时，早期的学习派上了用场。

……

看来，奥蒙德似乎并不太喜欢建于17世纪初的总督官邸，凤凰宫（Phoenix House），他好像没在那里住过。克里斯廷·凯西将其形容为"一座相对简朴的建筑"和一个"扩大了的度假屋"。经过扩建，如今这房子已成为总统官邸，我们的总统在任时会住在那里。有个故事讲述了——啊，这座故事之城！——过去住在这里的一位总统，经常借助酒瓶子来对付工作的单调乏味，但是爱国主义的虔诚制止我去指认他是谁。一天晚上，在一场特别开怀畅饮的晚宴之后，一向害怕凶悍夫人的总统先生喝醉后仍迟迟不睡，过了一会儿，他要小便，又不愿让太太发觉他喝醉了，于是溜到外面,对着一棵枝叶茂密的橡树树干方便。那天晚上很黑,其中一位新上岗的哨兵发现了那个模糊的身影,紧张地喊了一声"谁在那里?",总统阁下咒骂了一句作为回答。哨兵再次盘问,这一次更大声,又得到同样响亮的咒骂作为回答。士兵端起步枪准备射击,这时他的指挥官来到现场,并且幸运地认出了总统。当然,所有的死亡都是悲惨的,但是如果总统被他自己任命的一名保护者当场枪杀,那么人们不禁惆怅地沉思:早晨的头条新闻会怎么写。*

以我的孤陋寡闻,比总统官邸还要好得多的是对面被称作"鹿场"的房子。在英国统治时期,它是首席秘书的居所。1927 年以来,一直是美国大使的公馆。我只去过这房子一次,那是在 20 世纪 70 年代末开明的威廉·香农(William Shannon)大使任期内。我不清楚那是什么场合,但我记得有很多作家在场——比尔·香农本人是一位作家和记者——确实太多了,以至于剧作家兼小说家汤姆·基尔罗伊环顾房间后,若有所思地说,如果有一颗炸弹爆炸的话,那么几乎整个当代爱尔兰文学界就会被当场彻底摧毁。想想那些头条新闻……

---

* 《每日咩咩报》(*The Daily Bleat*):喝醉后正在撒尿的总统在公园里遭枪击。

"鹿场"是在1776年为约翰·布拉基埃爵士（Sir John Blaquiere）建造的，据说"他有一位好厨师和上好的葡萄酒，并且知道它们后劲有多大"。比尔·香农在某种程度上也是如此，不过只就某些方面而言。那天晚上，我们吃了一顿非常美味的晚餐，但是就葡萄酒而言，大使似乎对它们的后劲知之甚少，因此带来了不可避免的后果。我想，在场的每个人都喝醉了，除了比尔和伊丽莎白。吉米·卡特（Jimmy Carter）在任期间事故多发，在他总统任期即将结束时，我记得我的妻子在庆祝活动的最后时刻，和香农夫人说话，毫无外交目的、坦率地询问她："告诉我，伊丽莎白，你和比尔在大选后会做什么？"

让人觉得奇怪的是，卡特仍然很健康，在世界各地行善，而可怜的比尔·香农去世已经30年。

……

可以说，奥蒙德公爵是现代爱尔兰的创始人之一。正如莫里斯·克雷格所言，公爵在查理二世复辟后于1662年回到这里时，"简而言之，文艺复兴来到了爱尔兰"。这一到来对都柏林来说特别重要。据凯瑟琳·凯西（Catherine Casey）说，"奥蒙德的总督任期（1662—1669，

6 花园里的女孩

1677—1685)恰逢该市的物质发展中一个非常复杂的时期"。莫里斯·克雷格认为他是"现代爱尔兰历史上独一无二的人物","在贵族气派的安逸、显赫、宽容、灵活和判断力方面",几乎没有竞争对手。*

然而,为避免我们陷入一个容易涉足的误区,那就是过高估计奥蒙德对以前和他信仰同样宗教的人以及对爱尔兰总体的友好态度——正如奥利弗·克伦威尔简明扼要说的那样,"不再进步的人就不再优秀"。我们必须记得,他支持他的上司,英王宠臣托马斯·温特沃思,斯特拉福德伯爵,没收天主教徒拥有的大片土地的政策。该政策有两个目的,一是扩充王室的金库,二是摧毁已经大大削弱的天主教士绅的权力。这当然激怒了奥蒙德氏族,也是它怨恨地拿起武器反抗英国统治的原因之一。

最终,斯特拉福德灾难性地跌下神坛,实际上是致命地——他于1641年在伦敦塔被处决——奥蒙德顺势成为在爱尔兰的英国皇家军队的领导人,首先与包括奥蒙德氏族在内的爱尔兰叛乱分子作战,后来又与爱尔兰同盟派签

---

* 他还具有一种不露声色的机智和敏锐的讽刺感。当他在17世纪50年代流亡法国时,他的一个朋友——苏格兰人,一起流亡的同伴——同他的法国主人吵了一架,来找奥蒙德讨教该怎么做,因为在这个城市没有其他人愿意收留他。奥蒙德建议他回到主人那儿,先收回自己说过的话,然后吃晚餐。

订和约,抵抗议会派侵略者。保皇派的失败并不是他的错,但是在1647年,他不得不把都柏林交给圆颅党[1],条件是圆颅党应该保护没有参加叛乱的保王派新教徒和天主教徒。

最后,奥蒙德被迫流亡法国,在那里他过着极度贫困的生活:买不起马车,甚至买不起一匹马,他只好步行去所有地方。他这段时期的人生经历读起来像是直接取自亨利·菲尔丁或大仲马小说中的一个章节,或者甚至是劳伦斯·斯特恩[2]的小说。1658年,他从法国回到英国——在丹尼尔·奥尼尔(Daniel O'Neill)的陪同下,我很想多了解一点这个人,但我只知道他的名字——负责试探保王派复辟的可能性。奥蒙德乔装打扮,化名皮克林旅行,他觉得总是戴假发令人厌烦,于是扔掉假发,然后试图把他赤褐色的头发染成黑色,结果以染成"多种颜色"而告终。

在这个非凡男人的生涯中,另一件比小说还离奇的事发生在1670年。当时有一个冒险家,也是个恶棍,他有着

---

1 圆颅党(Roundhead),英国1642—1651年内战期间的议会派分子,与保王派相对。圆颅党最大特色,是身为清教徒的这些议会成员,皆将头发理短,在样貌上与当时权贵极为不同。因为没有卷发,头颅相较之下显得十分圆,因此得名。该名词首次运用于1641年的一场国会辩论中。
2 劳伦斯·斯特恩(Laurence Sterne, 1713—1768),世界文学史上一位罕见的天才。他出生于爱尔兰的科龙梅尔。代表作品有九卷本的小说巨著《项狄传》等。

6 花园里的女孩

奇妙的好莱坞式名字,布拉德上校[1]。出生于克莱尔郡(County Clare)的托马斯·布拉德,是一位发了迹的铁匠的儿子。英国内战期间,小布拉德首先站在国王的一边战斗,但是后来倒戈,与圆颅党合作。由于这一背信弃义的行为,他被赐予的爱尔兰的大量地产,在英王复辟后又被收回。他急需资金,竟然草草制订了一个计划,打算攻入都柏林城堡,绑架当时的爱尔兰总督奥蒙德,并勒索赎金。足智多谋的奥蒙德得知这一阴谋,在绵羊街(Sheep Street)通往城堡的入口处为布拉德及其党羽设下了陷阱。布拉德也得到有关奥蒙德诡计的风声,于是逃到了北爱尔兰。在那里,他先是受到长老会教徒庇护,然后又受到天主教徒的庇护,他冒充为一位神父藏在他们当中。后来,他去了荷兰,接着又在苏格兰参加了一场叛乱,后来又回到都柏林短暂停留了一段时间,随后搬到伦敦。在那里,他制订了暗杀宿敌奥蒙德的计划,处置公爵的秘密委托可能来自奥蒙德的宫廷竞争对手,白金汉公爵乔治·维利尔斯。

作为爱尔兰总督被免职后,奥蒙德也回到了伦敦。一天晚上,当他和奥兰治亲王(Prince of Orange)共进晚餐后,坐着马车,行驶在圣詹姆斯街(St. James's Street)上。

---

[1] 英语里,布拉德(Blood)意为流血、杀戮。

这时,布拉德发动了他孤注一掷又荒唐可笑的袭击。以下是莫里斯·克雷格对这一事件的描述:

> 布拉德和他的儿子把公爵从马车里拖出来,放在他们自己的一匹马上,从皮卡迪利大街离开。对奥蒙德来说幸运的是,只有把他绞死在绞刑架上才能使这位上校满意。于是,他把俘虏交给一个手下,而他自己赶到前面去调整绞索。等到他回来接取牺牲品的时候,奥蒙德和布拉德的守卫在马背上扭打在一起,那匹马正朝着骑士桥方向跑去。在上校救援抵达之前,他们已经从马背上摔到泥里,在泥里打滚。上校看到附近住的人已经被惊醒,于是向公爵开了几枪(但没有打中),然后策马飞奔消失在夜色里。

布拉德继续他的疯狂行为,并试图从伦敦塔盗取王冠和权杖等御宝。在这桩拙劣的盗窃案中,他得到了他姐夫亨特以及一个有着莎士比亚式名字的无赖"鹦鹉"的帮助,后者的任务是将皇家宝球藏在裤裆里。像往常一样,这件

6 花园里的女孩

事情以彻底的失败告终,三人被抓获时还持有王冠和自以为隐藏起来的宝球。然而,令每个人——可能也包括作案的歹徒——惊讶的是,查尔斯国王不仅赦免了布拉德,还把年收入五百英镑的爱尔兰地产交还给他,我们可以想象奥蒙德听到这个消息时的感受。*

1662年,复辟后奥蒙德回到了爱尔兰,和大法官莫里斯·尤斯塔斯爵士(Sir Maurice Eustace)一起,立即着手兴建凤凰公园。克里斯廷·凯西写道:"总督在都柏林赞助方面留下的最令人印象深刻的遗产是凤凰公园——这个欧洲最大的封闭式城市公园——的广阔多变的景观。"早在1662年12月,奥蒙德便说服了查理二世,获得批准从尤斯塔斯处购买利菲河以北400英亩的昂贵土地——正如莫里斯·克雷格所说,"尤斯塔斯的动机显然不如奥蒙德那么纯粹。1669年,当奥蒙德的总督任期结束时,这座公园已经花费了31 000英镑,兴建完成还要再花一半的钱。"

---

* 布拉德享有一项尴尬的荣誉:他在诗篇中被人纪念。作者恰恰是讨人厌的罗切斯特伯爵(Earl of Rochester),后者在《平淡的历史》中写道:

> 布拉德,他的脸上流露出叛国之罪,
> 穿着牧师长袍的恶棍,
> 他在宫廷里蒙受多少恩宠,
> 因为他偷了奥蒙德和王冠!
> 既然忠诚对人没有好处,
> 让我们去偷国王的,胜过布拉德!

奥蒙德谎称打算把这座公园当成皇家鹿园,而不仅仅是作为总督府周围的一块大领地。使者被派往英国购买一群鹿,还从水面上抓来供捕猎的鸟,奥蒙德的儿子奥索里勋爵则从家族的庄园搜集来野鸡。然而,从一开始,这座公园被设计成一个广大公众可以在此嬉戏玩乐的休闲场所,而且后期确实如此。公园早年经历了不少劫难,其中最严重的是,查尔斯二世一时兴起,想把它作为礼物送给他的情妇,声名狼藉的克利夫兰公爵夫人芭芭拉·帕默,维利尔斯家族的成员。奥蒙德的敌人白金汉公爵也来自这一家族。然而,在他们共同努力下,奥蒙德和尤斯塔斯成功地让这块土地的所有权专利失效。*

······

虽然凤凰公园可能是这座城市的荣耀,但不知怎的,我在那里从来没有像在家里的感觉;或者也许相反,我感觉太像在家里,我不久前离开了家乡,但隐隐约约觉得这个地方看起来太像家乡周围的田野和山林。另一方面,位于都柏林"超 B 加"乔治王时代艺术风格的中心的圣斯蒂

---

* 克雷格:"……这位女士得到英国的土地作为安抚(说来奇怪),但是在此之前,她曾向奥蒙德压低嗓音厉声说,她希望她可以活着看到他被绞死。公爵亲切地答道,就他本人来说,能活着看到她变老就很满足了。"

芬绿地更符合我的口味。蒲柏会认可它恬静的魅力,但是在我看来,它的庄严精心维护得太过,也该听听马维尔在《割草机》一诗中的抱怨——

> 喷泉和洞穴,这一切都是人为建造的,
> 而芬芳的田野却被人遗忘

离圣斯蒂芬绿地不远的伊菲花园(Iveagh Gardens),是谦逊的,没有华丽的陈设,空气中带着一丝淡淡的悲伤。不过,它很合我的心意,在都柏林所有的公园里,我最喜欢它。然而,我不确定当初仅凭我自己是否能找到这座花园,因为它小心翼翼地封存在都柏林大学学院——现在是国家音乐厅*——的巨大灰色峭壁后面。一个姑娘引我来到这个地方。当时我正忙着追求她,尽管后来结果被证明是徒劳的。虽然当时我还不知道,但是斯蒂芬妮——是的,我们早先在格拉夫顿影屋的咖啡馆里短暂地瞥见的那个斯蒂芬妮——已经心有所属,而我们的幽会,虽然次数又少又充满甜蜜的惆怅,却不得不在远离都柏林公众视线

---

* 对于这座高大宏伟的建筑物,克里斯廷·凯西只皱皱眉头:"这座建筑的体积太大,平面太过简单,即使是最明亮的阳光,也几乎不会改变它阴郁的态度。"

女性雕像,伊菲花园

约翰·麦考马克的雕像,伊菲花园

时光碎片:都柏林记忆

的场所进行,因为都柏林是这个世界上对于男女关系最为警觉的城市之一。

她告诉我,有一个秘密的地方,似乎很少有人知道,而且几乎没有人去。我们第一次游览伊菲花园,是在午餐时间,虽然匆忙但我永远不会忘记:她带来了三明治,我满怀希望地带了一瓶葡萄酒,结果却没有达到预期的效果,它又便宜又难闻,而且无论如何,斯蒂芬妮这姑娘太精明,不会让自己被一个眼神闪亮、脑子里只想着一件庸俗事情的小畜生灌醉。

那是初秋的一天,在普桑[1]油画似的天空下,在最后一次变色之前,树木还是一样的干橄榄色调,在我们头顶高高的状如鸟蛋、蔚蓝色的天空中,发出了一种沉思和轻柔的沙沙声。在我们坐下吃野餐前,斯蒂芬妮坚持要带我参观她认为几乎是她私人领域的地方。

我现在清晰地看见我们当时在那里,就像九月的那天一样清晰,在那些摇摆不定的树下和令人惬意的蓬乱草坪旁的砾石小径上走着,寻找一个僻静的地方坐下来。这里

---

[1] 尼古拉斯·普桑(Nicolas Poussin,1594—1665),法国巴洛克时期重要画家、法国古典主义绘画的奠基人。普桑的作品大多取材于神话、历史和宗教故事。画幅虽然不大,但是精雕细琢,力求严格的素描和完美的构图,人物造型庄重典雅,富于雕塑感;作品构思严肃而富于哲理性,具有稳定静穆和崇高的艺术特色。他的画冷峻中含有深情,可以窥视画家冷静的思考。

6 花园里的女孩

是喷泉,那里是射箭场,而且,哦,闻闻从路边的玫瑰园中迟开的花朵里飘向我们的芬芳!据她说,还有一个迷宫,但她从来没有能够找到它。我握着她的手。我在浪费时间,她说,在浪费时间,然而她微笑着,让她的手停留在我的手里。过去,令人憧憬的过去,正是用这样平凡而又哀婉的时刻,把自己组装起来。

伊菲花园自然也有它自己的过去。它在18世纪中叶首次被公开提及,被称为利森的田地。开发商约翰·哈奇租下了这块土地,把它开发成哈考特街上一栋房子的花园,房子是为首席大法官克伦梅尔勋爵约翰·斯科特建造的,此人是一位狂热的酒鬼,被人称为铜面杰克,这称呼奇特而又准确。* 1810年,克伦梅尔的房子被卖掉,它后面的空间作为科堡花园向公众开放。19世纪60年代初,这块地皮被酿酒家族的子孙本杰明·吉尼斯购买。本杰明像当时和现在的吉尼斯家族的许多成员一样,是个乐善好施的人,似乎把这块土地借给或租给了名称华丽的"都柏林展览和冬季花园公司",作为1865年都柏林展览的游乐场。

---

* 恰如其分的是,现在哈考特街有一家夜总会以他的名字命名。晚上,不止一名俱乐部会员摇摇晃晃地从那里走出来,面色如果不是铜色的,那么无疑也是喝得脸色煞白。

后来,其成为都柏林大学学院和国家音乐厅的展览馆,当时被认为是——与尊敬的克里斯廷·凯西的意见相反——一座宏伟的大厦,它有一个毗邻的冬季花园,那是一座玻璃和钢结构的拱形大厅,根据凯西的说法,通过"监测数百名奔跑的工人、600名第78苏格兰高地兵团的士兵和数千枚滚动的炮弹",其结构的稳定性得到了测试。

与此同时,本杰明·吉尼斯购买了圣斯蒂芬绿地78号至81号,并把它们组合成一幢漂亮的宅邸,伊菲宫(Iveagh House)——现在的爱尔兰外交部。展览结束后,他们收回了花园并委托景观设计师尼尼安·尼文——在那些逝去的日子里,他的名字是多么响亮啊!——结合法国和英国的景观风格,为花园提供一个新的设计。1908年,本杰明·吉尼斯的儿子,第一代伊菲伯爵爱德华将花园捐给了大学学院。学校为了向爱德华表示敬意,把花园更名为伊菲花园。

当我去那里的时候,现在背靠国家音乐厅和外交部的花园,已经很巧合地再次陷入疏于照顾的状态。

花园并不大,我想大约有一个足球场大小。旅行指南告诉我,其中有,质朴的岩洞和瀑布、两个喷泉、林地和荒野、玫瑰园、美国花园、射箭场、假山和腐根土——我承认我不太清楚最后这个可能是什么——和一个迷宫。可能存在的这个神秘迷宫让我特别高兴,因为每次游览花园,我都像很久以前的斯蒂芬妮,从来没有成功地找到它。你看,在迷宫中迷失是一回事;但是,应该有一个迷宫你却找不到,在我看来,这是一件真正奇妙的事情,像直接取自博尔赫斯的神奇故事的巧妙构思。仔细想想,我幻想着如果真有来生的话——可怕的可能性,比起博尔赫斯式无休止地循环搜寻花园内这个永远难以找到的迷宫,或许还有更糟糕的方式来忍受它。

20世纪90年代中期,公共工程办公室(Office of Public Works)着手整修伊菲花园。他们做得很好,但是我想,我更喜欢它们昔日天真无邪的蓬乱样子,当时我在那儿惆怅地追求那个不是我女朋友的姑娘。公园——我们得承认这一小块地成功地满足了成为一个公园的条件——是捉摸不定的,有时甚至是险恶的地方。还记得安东尼奥尼的《放大》吗?只要看过那部电影,谁会忘记当戴维·海明斯扮演的时尚摄影师冲洗一卷在伦敦公园拍摄的快照,在胶片上捕捉到了似乎是一宗谋杀案的场景时,电影配乐中树木不安的飒飒声。而公园的某些常客似乎总是在搞什么鬼花招。你可能偶然发现一个人影蜷缩在草地上,双眼紧闭,单手托腮,衣服全是歪斜的,你继续向前走但是心中不安:他在睡觉,还是……这种四周可能危机四伏的微弱暗示是公园乐趣的一部分,就像喷泉和花坛,还有秋天玫瑰的芳香。

然后还有雕像。我很遗憾地说,在伊菲花园里,它们非常稀少。双喷泉是由一对面对面、完全相同、肌肉发达的天使组成,双手大得不成比例——为了把正直之人从邪恶势力的魔掌中托起?——而混凝土基座上站着两个模糊不清、比真人小些的女性雕像,两人都没有鼻子,她们的面色被地衣玷污,向下凝视的目光似乎有些疲倦,也有着无法排解的沮丧。"只有几尊青铜铸造的神和仙女保留下来。"克里斯廷·凯西悲伤地说。以前不是这样,"1872年的报告描述了大地神(Spirits of the Land)的雕像,艾琳[1]坐在三叶草上的雕像,爱尔兰四省的地图雕像和圣帕特里克的雕像。"不知怎的,我觉得没有必要悼念这些完美之物的逝去。在冬青的树荫处站着一尊男高音歌唱家约翰·麦考马克的现代雕像,用既闪亮又晦暗的青铜制成,他张大了嘴,就像一只需要喂食的小鸟。他看起来非常悲伤,在那里摆着姿势,向周围不理会他的草木全力以赴无声地

---

[1] 艾琳(Erin),爱尔兰的诗意称呼。

歌唱。但是,我想,他在卢森堡公园也不会高兴,因为那里许多有英雄气概的同行的雕像会让他相形见绌。

我最近一次去伊菲花园是和我的小女儿一起。她当时 16 岁。我带她去是为了给她看一个对我来说很珍贵的地方,在那里我曾经甜蜜地恋爱过,虽然不尽如人意,然而,令我大为惊讶的是,我发现她对这个地方很熟悉。原来,她的男朋友就住在附近,平日放学后,他们会来这里散步,待在一起,讨论当天的重大问题,了解彼此,学会成长。当她用不算冷酷但是简慢的方式告诉我这个的时候——年轻人对一颗衰老的心脏无规律可循的心悸完全充耳不闻——我感觉到这些地方以及它们的用途,都太过神奇,不受时间影响。我们会改变,我们会变老,我们会留下或者离开,最后我们会死去。然而,公园长存。我想,这个想法能够安慰最哀伤的心,即使只是稍加慰藉。

……

德拉海一家,我的斯蒂芬妮的家人,都是新教徒。据说他们是胡格诺派教徒,事实上,即使他们戴着又长又卷的假发,穿着紧身衣裤出现在我面前,我一点也不会吃惊,在我看来,他们就是那样奇异而古老的人。在我被介绍给这个家庭之前,我很少接触真正的、活生生的新教徒,当然我也从来没有像我和德拉海一家那样,和一帮与我们分离的兄弟,平等地,或者至少是假装平等地交谈过。他们住在菲茨威廉广场,那里当时是,现在可能仍然是,都柏林版的哈利街[1],那条街几乎是穿细条纹西装的医学顾问专属的保护区,我的南姨妈轻蔑地称呼他们为"五个金币看一次病的人"。其中一位有钱人常光顾的医生在德拉海家的一楼开有"诊所",而他们一家住在上面几层和地下室。

他们是一个庞大的家庭。斯蒂芬妮是唯一的女孩,但有五个兄弟,从一个叫热尔韦斯的蹒跚学步的孩子——在我看来,这样一个身材矮小、摇摇晃晃、挂着鼻涕的家伙竟然拥有这样一个冠冕堂皇的名字,简直荒谬——到一个20岁左右魁伟的彪形大汉,后者有一副真正吓人的牙齿,当他咧嘴笑的时候,牙齿闪着白光,我认为就像因纽特人用来捕鱼或海豹的某种原始工具。他名叫托马斯,但是家人给他取的绰号是"小玩意儿",这当然是因为他的大块头儿。

总的来说,德拉海一家喜欢用略带嘲弄意味的昵称互称彼此。德拉海太太,长得像鸟,轻微驼背,染过的头发如

---

[1] 哈利街(Harley Street),伦敦一街道,有许多名医居住于此。

同虫漆一样又黑亮又脆硬,她有着相当可爱的名字——拉维尼亚(Lavinia),然而孩子们出于某种原因叫她马格斯(Mags),我也听过她的丈夫称呼她为"老伴"。马格斯一支接一支地抽"吉卜赛人"牌香烟——她严肃地称它们为她的"喘气者"[1]——所以整个房子闻起来像法国小酒馆。事实上,她也是一个秘密的酒徒,或者至少一开始对我来说这是个秘密。我最终发现,她常喝的酒是戈登牌杜松子酒,还偏偏和"波尔斯"这家听起来很滑稽的荷兰酿酒公司生产的蛋奶酒样的东西混在一起喝,颜色像打散的蛋黄,稠得像痰——那种蛋奶酒叫阿德沃卡特(Advocaat)。我刚想起来。

托马斯——"小玩意儿"——我记得很清楚,我也记得热尔韦斯,虽然没那么清楚,但是中间的三个兄弟在我的记忆中融合成了一种多头、半成形的怪物,因此我在这里将他们统称为刻耳柏洛斯[2]。他们毫不留情地戏弄斯蒂芬妮——他们喜欢称呼她为"斯蒂芙",他们知道她有多讨厌这个昵称——而且从来不放过在其他家人和我面前让她难堪的机会。我记得某一次星期天吃午餐时,有人不小心

---

[1] 喘气者(gasper),英国俚语,意为廉价香烟。
[2] 刻耳柏洛斯(Cerberus),希腊神话和罗马神话中的地狱三头犬。

将几滴覆盆子果酱洒到餐厅的椅子上,而刻耳柏洛斯齐声谴责我可怜的宝贝,说她"又把血流到血腥的家具上了"。虽然我在这个家里住的时间很短,但刻耳柏洛斯却搓着手"热烈欢迎"。他们会模仿我的乡巴佬*口音——我先前没想过我有这种口音——并且会努力让我参与到有关田园问题的一本正经的讨论中,比如,刨萝卜和施粪肥等,而我对此的了解和他们一样少,甚至比他们更少。我由衷地厌恶刻耳柏洛斯,但这只会让地狱三头犬抬起它的多张大嘴,更加欣喜地吠叫。

德拉海家的父亲身材魁梧、性格直率、面色红润,几乎完全秃顶,除了一圈相当可爱的、过早灰白的卷发,像一个倒下的光环。在我眼里,这让他看起来像一位较快活但不那么放荡的文艺复兴时期的教皇。他叫维克多,刻耳柏洛斯叫他维基,但是只敢在他背后叫,因为维克多不知道自己有多大力,他热情地把巴掌搧向所有男孩——他宠爱斯蒂芬妮,甚至不会提高嗓门对她说话——力道大得能让庞大笨重的"小玩意儿"踉踉跄跄。

---

* 据说,"乡巴佬"(culchie)这个词——都柏林人对乡下人鄙夷的称呼——起源于基尔特马(Kiltimagh),梅奥郡(County Mayo)的一个完全无可指摘的小镇。其名称的变体如何成为土包子的同义词,没有人能够解释,虽然这一词源被认为是事实,至少对都柏林人来说。

6 花园里的女孩

德拉海家的父亲曾经是橄榄球运动员——一个"粗野狂热的橄榄球员",就像他喜欢说的那样,他一边说一边会哈哈大笑——并在国际比赛中多次代表爱尔兰队出场。我从来不太清楚他以什么谋生,虽然我知道是与法律有关。我想,他是个律师,或者也许是个大律师。显然不管他的事业是什么,但都很成功,因为这个家庭,虽然可能是喧闹、邋遢、混乱的,但明显很富裕,以一种不炫耀的方式。他们有钱的状态在他们吃的方面表现得很明显——来自"芬德莱特"的食品杂货,来自"米切尔"的葡萄酒,来自"绿荫上的史密斯餐厅"的鹅肝——在他们的穿着方面也显现得很明显:都柏林的"布朗·托马斯"和"斯维茨尔"、伦敦的"哈罗德百货商店",斯蒂芬妮和她母亲每年两次去那里购买夏季和冬季服装。

这家人还去国外度假,当时在像我这样的那种普通人当中,这几乎是闻所未闻的事。然而他们度假的地方很奇怪:格恩西岛和马恩岛。我现在怀疑德拉海先生是否有海外银行账户,并利用这些短途旅行作为掩护去打理它们。

这是一个非常吵闹的家庭,一楼的妇科医生奥格雷迪先生和他的病人如何忍受这种喧闹,真是个谜。楼梯上不时传来年轻人如雷的脚步声,无尽无休的冲厕所声,有刻耳柏洛斯的大笑声和斯蒂芬妮被戏弄时的狂怒尖叫声。每当德拉海先生穿着宽松飘拂的灯芯绒裤子和金丝雀黄的无袖针织套衫漫无目的地走动时,他经常用隆隆的男低音唱歌。他喜欢唱吉尔伯特和沙利文的咏叹调,以及不著名的音乐厅小曲——《如果不是因为中间的小屋》《煮牛肉和胡萝卜》("Boiled Beef and Carrots")、《当父亲给客厅贴壁纸时》("When Father Papered the Parlour")——歌词忘了一半,还总是走调儿,十分刺耳。

德拉海太太——可怜的喝得半醉的马格斯——是这个家里唯一安静的人。她只会发出一种连续、轻柔、模糊的呢喃,严格地说这不是言语,更像是一种心不在焉、让人难以理解的否认,仿佛她想象她周围总是有人在问她问题,而她回答不上来,甚至无法听懂。我的存在似乎使她感到困惑,每次遇见我,她都会稍稍愣一下,然后她会急忙用细微的、略显痛苦的微笑来掩饰,把头偏向一侧,露出一种歉意的倒霉态度。也许她以为我是她的另一个儿子,先前莫名其妙地没认出来,现在又神奇地记了起来。她很少直接称呼我,但是当她这样做的时候,她会随便给我取一个名字,仿佛从她头脑中的名片夹里信手拈来,詹姆斯、约瑟夫或杰拉尔德,难以置信地是,她有一次甚至叫我贾斯珀。

6 花园里的女孩

尽管这家人喜欢吵闹,有时甚至有没心没肺的好心情,但是在它的背后,有一丝几乎察觉不到的忧虑,其性质或来源我不能确定。很多年后,我在哈罗德·尼科尔森[1] 1934年的日记中读到了有一天他去巴黎加利利街乔伊斯家的公寓——"像旅馆的卧室一样闷热和整洁"——拜访詹姆斯·乔伊斯的故事。这是一篇奇妙的短文,同类型文章中的典范。尼科尔森认为乔伊斯的声音是"我所知道的最可爱的声音——清澈柔和,带有汩汩作响的潜流",但他发现那男人本身无疑是一个奇怪的生物。[*] 他们——还有乔伊斯的成年儿子乔治——会面的小房间里的气氛,又奇怪又紧张,观察着这父子两人,尼科尔森明显感觉到"他俩都在注意听家里的什么动静"。

我意识到,在德拉海家也是这样的。他们都乱哄哄地跑来跑去,儿子们扭打喊叫,父亲低沉地唱着他滑稽的歌曲,然而与此同时,偷偷地,每个人在倾听,专心地倾听。我想,乔伊斯一家害怕听到的,是这位伟人可怜的、精神错乱的女儿露西娅的叫喊声。至于德拉海家,一定是马格斯

---

[1] 哈罗德·尼科尔森(Harold Nicolson,1886—1968),英国著名外交官、作家和新闻工作者。

[*] 乔伊斯留给他的"印象是一只非常紧张不安和彬彬有礼的动物——一只在客厅里的瞪羚"。

让他们提心吊胆。我从未听到过她提高嗓门,但也许我在的时候她表现得很好,然而她酒醉后狂野的胡言乱语随时都有可能撕裂空气。

通常,除了我,还有一位客人——我几乎说是闯入者——在这个家里。一个非常苍白的年轻人,总是穿着黑色衣服——黑色西装、黑色领带、黑色长大衣,有时还会不祥地戴着一双扼杀者常戴的黑色软皮手套。他的名字叫菲茨什么来着——菲茨莫里斯或菲茨莫利斯,我想——虽然刻耳柏洛斯给他起的绰号叫皮尔庞特(Pierrepoint),那是英国历史上最有效率的绞刑吏的名字。他个子很高,非常瘦,长着一个显著的鹰钩鼻,戴一副非常细的金丝边的眼镜。他用一个烟嘴吸烟,像李神父一样,现在我想起来了,他总体上的确有神父似的仪态。他的指甲留得很长,被尼古丁染成了琥珀色,而且从来没有完全干净过。他似乎总是在我到达之前就在那里,然后总是在我离开之前就消失不见了,虽然我不记得曾经看到他离开。当我逼斯蒂芬妮告诉我他是谁时,她皱起嘴,轻蔑地耸耸肩,说:"哦,他是我一个表亲。"

马格斯在和皮尔庞特的交往中一点也不像她和我在一起时那样含糊其词,她强行用各种各样的食物款待他。

我到的时候,他已经在面对广场的大凸窗前,安逸地坐在前面客厅的扶手椅上,旁边的一张小桌子上放着一杯雪利酒或波特酒和一片李子蛋糕,他的手套折好搁在椅子的扶手上,他的领带结打得很紧,但从不歪斜,从窗户射下的两个相同的亮点在他光亮的黑色粗革皮鞋的鞋尖上闪闪发光。他对我很有礼貌,礼貌而冷淡,不过我总觉得在他噘起的粉红色小玫瑰花蕾似的女孩气的嘴巴周围,有一丝自鸣得意的笑。

作为居民,这家人可以进入广场中央被栏杆围起来的花园。在阳光比较明媚的日子——随着秋天的推移,天空逐渐变暗——斯蒂芬妮会从前门背后衣帽架上的最后一个钩子拿下一把巨大的铁钥匙,这钥匙又大又重,足以把客厅里的梅教授[1]重击致死。然后,我们会穿过马路,打开古老的小门,这小门如此摇摇欲坠,似乎只是由一层层闪闪发光、多疙瘩的远古黑漆连在一起。

这里是我心爱的人的另一个秘密地方,甚至比伊菲花园更私密,当然也更冷清。

我们会沿着狭窄的小径行走,在低垂的树下,在潮湿的灌木丛之间,即使在干旱的日子里——不过在那个季

---

[1] 梅教授(Professor Plum),游戏《妙探寻凶》中的一个角色。

节,干旱总是在下雨之后——灌木丛橡胶似的叶子上也总是洒着钻石般的水滴。秋天,一切看起来都那么有思想性、充满期待,当然,比春天时更充满期待。就连济慈对这一垂死季节的静谧和隐秘的喧嚣的捕捉,也没有像菲利普·拉金在1961年的一首小诗那样动人精准。令人费解的是,菲利普·拉金选择不发表该诗,甚至没给它起一个标题:

> 现在叶子突然失去力量。
> 腐朽的塔楼静静伫立,苍白的,沿着小巷,
> 从落地窗,或花园的深处看,
> 为每个下午刷上了一层红色印记。又一次强烈的
> 含雨夜风来临了:然后
> 树叶追逐温暖的公共汽车,点缀用雕像装饰的空气,
> 堆积在角落,手持扫帚的男人身影模糊,逐渐显现在
> 清晨的薄雾中……

秋天——而非春天,更不用说夏天——是爱情的季节。我爱斯蒂芬妮·德拉海,在九月底和十月初的那几个星期,我无助地爱着她,带着一种痛苦的温柔。

6 花园里的女孩

当我们在广场的四面踱步,或者坐在一个寒冷潮湿的铁质长椅上时,我们谈了些什么?我已经忘了,年轻人都谈些什么?我确实记得我和她就帕斯卡发生过争执,这与我在《思想录》(*Pensees*)中读到的一段话有关,她坚持说我误解了这段话。这留给人的印象是,我俩当时都惊人地博览群书,而我现在明白了,实际上我们所做的只是向对方炫耀我们对一个几乎完全无知的主题的虚假知识。帕斯卡!

我们第一次相遇是在灯笼剧场,当时它在梅里恩广场的一个地下室里,就在山街拐角处。在那些日子里,都柏林这座城市到处都是小剧场。有在公共汽车站的地下室的埃布拉纳剧场,有在彭布罗克街附近的一个马车房里的迪尔德雷·奥康奈尔[1]的焦点剧场(Focus),和远在敦劳费尔镇(Dun Laoghaire)的煤气公司剧场——你通过灯光昏暗的展厅进入,在各种形状、样式、类型的幽灵般、灰白色的炊具之间穿行,这些炊具不知怎的似乎充满怨气——当然还有派克剧场,在赫伯特巷,由艾伦·辛普森和卡罗琳·斯威夫特创立。派克剧场1955年筹办了第一场未经审查的《等待戈

---

[1] 迪尔德雷·奥康奈尔(Deirdre O'Connell,1939—2001),爱尔兰裔美国女演员、歌手和戏剧导演。

多》的英语版演出——在伦敦,英国王室的宫务大臣坚持要求修改和删除——以及比汉的《怪人》(*The Quare Fellow*)。

众所周知的是,1957年,派克剧场遭到了警察的突然搜查。警察接到消息,说这出为了纪念都柏林戏剧节的开幕而上演的戏剧,田纳西·威廉斯[1]的《玫瑰纹身》(*The Rose Tattoo*)包含了"令人反感的"段落,他们还说,如果演出继续,辛普森和斯威夫特会被起诉。这出戏确实继续上演。第二天,辛普森被逮捕,指控他"为了牟利进行猥亵和渎神的演出"。这件事在都柏林和国际上都引起了抗议,经过一场持续到第二年才解决的荒谬的法律纠纷,对辛普森的指控才被撤销。都柏林几乎没有人怀疑,最初针对《玫瑰纹身》演出的投诉是直接来自大主教宫的:约翰·查尔斯·麦奎德的死亡之手再次落在都柏林的艺术

---

[1] 田纳西·威廉斯(Tennessee Williams, 1911—1983),美国剧作家。本名托马斯·拉尼尔·威廉斯三世(Thomas Lanier Williams III),美国剧作家,以笔名田纳西·威廉斯闻名于世。主要作品有戏剧《欲望号街车》《热铁皮屋顶上的猫》《玻璃动物园》等。

生命或半条命之上。*

多年以后，20世纪70年代初，"贝利餐厅"举行了克里斯蒂·布朗的小说《生不逢时》的发布会，我在那里遇见了艾伦·辛普森——在我的编辑大卫·法勒从伦敦赶来参加的出版派对上——并向他问起那一事件。辛普森一如既往地温文尔雅，他似乎冗长、花哨、详细地给我叙述了所发生的一切。然而，他喝得那么醉，以至于他说的话我一个字也听不懂，因此错失了内幕新闻。不过那次派对上每个人都喝醉了——这个晚上的酒水账单在英国出版界将是多年的传奇。

遇见斯蒂芬妮的那天晚上在灯笼剧场上演的戏剧，是莎士比亚的《恺撒大帝》(*Julius Caesar*)或《泰特斯·安德洛尼克斯》(*Titus Andronicus*)，我不记得是哪一部了。我确实记得那是一场精彩的演出，尽管可能因为"观众席"逼仄的环境——每当演员走到舞台的边缘，发表特别慷慨激

---

* 1958年，都柏林戏剧节进一步受到干扰，当时肖恩·奥卡西被要求修改他的戏剧《内德神父的鼓》(*The Drums of Father Ned*)，他当即将这部戏撤出了戏剧节；然后Bord Fáilte——是的，旅游委员会——强迫《布卢姆日》(*Bloomsday*)退出，这是根据《尤利西斯》改编成的舞台剧。贝克特先前已经允许在派克剧场上演《一切沦落者》(*All That Fall*)和《终局》(*Endgame*)，但是在1958年2月27日，他写信给卡罗琳·斯威夫特："我要完全退出。只要这种情况在爱尔兰盛行，我就不希望我的作品在那里演出，无论是在戏剧节期间还是之外。如果听不到抗议，它们将永远盛行，这是我能做出的最强烈的抗议。"

昂的演讲时,前面两三排的人很容易被喷上唾沫星子。幕间休息时,我爬上台阶,站在栏杆旁,抽了一支烟。当时还不是很晚,广场上的树木之间笼罩了一团幻影般的白色薄雾,我的脸上和手背上都感觉到湿冷的潮气。

有一半的观众和我在人行道上休息,看上去迷离,流离失所,就像剧院观众在幕间休息时通常的样子。他们当中我只注意到斯蒂芬妮。她很瘦小,身材上,几乎像个男孩。她那齐肩的黑发从中间分开——我注意到她头发分界线隐约闪现的苍白皮肤,感到一种莫名的痛楚。她的鼻子有点肥胖,但我觉得它极为可爱。她的眼睛外眼角轻微向上挑,这让她的容貌略带东方人色彩,尤其是当她俯身低头的时候。她似乎独自一人,这本身就很引人注目——在那些受限制的时代,"好"女孩没人陪同从不去任何地方,除了做忏悔之外。我递给她一支烟——不安地想到山街跛脚的妓女——但她双唇紧闭地微笑着摇了摇头。她说她不抽烟。她18岁。她住在附近。哦,是吗?我也是。在这敷衍的试探之后,我们陷入了沉默,斯蒂芬妮皱着眉头低头看了看,用鞋尖在湿漉漉的人行道上画着半圆。然后,她飘然而去,脸上带着女孩们从无意义的邂逅中摆脱出来时的那种故意为之的心不在焉、无动于衷的表情。

6 花园里的女孩

演出结束后,观众们走上地下室的台阶,迈向夜晚流动的黑暗,我在拥挤的人群中蜿蜒前进,直到来到她身边。我问她我能不能送她回家。她说她哥哥要来接她。没有人在台阶尽头等着。斯蒂芬妮犹豫不定,避开我的眼睛。"他总是迟到。"她喃喃地说,与其说是对我说,不如说是说给她自己听。我建议我们应该一起向前走,在半路上偶遇他。她耸耸肩,什么也没说,于是我们出发了。我们没说一句话,直到菲茨威廉街的拐角,汤姆·"小玩意儿"在我们面前赫然耸现,他高高大大,宽厚结实,穿着棕色粗呢大衣。他咧嘴一笑向我致意——他真是一个正派的家伙——露出他那些吓人的牙齿。我告诉他我的名字,他也告诉我他的。斯蒂芬妮不看我们俩,继续往前走。"小玩意儿"冲我扬起眉毛,我什么也没说,他又咧嘴笑了,转身跟着她。这几乎不是一个吉利的开始。尽管如此,我恋爱了。当我看着斯蒂芬妮和她那巨人似的兄弟消失在雾中时,我感觉自己就像电影《卡萨布兰卡》中的亨弗莱·鲍嘉(Humphrey Bogart);或者更进一步说,像安东尼奥尼的《蚀》(*L'Eclisse*)中的马塞洛·马斯楚安尼(Marcello Mastroianni)。

她没有给我电话号码,也没有告诉我她住在哪里,我又是怎么找到她的?这一记忆缺失了,像打了马赛克。但我的确找到了她。

我无法想象这家人是怎么看我的。那个时代的固定惯例是一个男孩和一个女孩不能简单地成为朋友,而且每个人都知道——除了我之外的每个人——我不是斯蒂芬妮的男朋友。那么我是谁?在一个天主教家庭,我这种流动的存在几乎不会被允许,或者我们都不得不假装我在那里是来见斯蒂芬妮的兄弟们,而不是去见斯蒂芬妮。

之后我们两个人出去玩,至少我认为是约会。我带她去看电影,在那里她让我握住她那令人兴奋的凉爽而纤细的手,还去格拉夫顿影屋喝下午茶。有一次,我们甚至勇敢地去了宫殿酒吧(Palace Bar),酒吧的男招待对我们皱眉头,但还是给我们端了两杯啤酒。我们在圣斯蒂芬绿地散步,坐在菲茨威廉广场潮湿的淡蓝色阴影中。我们站在下山街桥的运河边,看一只苍鹭在船闸旁狩猎。这家伙干净、锋利、危险的线条让我肃然起敬,那长喙就像一把造型可爱的仪式刀。她带我看了伊菲花园。我告诉她我爱她,但她闭上眼睛,嘴唇紧闭地微笑着,这一直是她微笑的方式,然后摇摇头。尽管如此,她只是简单、冷冷地让我吻她。她有一种令人陶醉的气味,就像玫瑰花瓣浸泡在稍微变酸的牛奶中一样。

宫殿酒吧,摄于某个昨日

然后有一天，我发现了一个信封，送信的人在山街那幢房子的门里面的小地毯上站着，等着交信给我。我没认出笔迹，但我知道这张纸条是谁寄来的。我的喉咙甚至在开始读信之前就哽住了。没有用……很抱歉……我真的很喜欢……也许我们可以……奇怪的是，她的署名是"斯蒂芙"，我明白她讨厌的那个版本的名字，她知道的。斯蒂芙——这是什么意思？这是疏远我的一种方式吗？一股悲伤和自怜的浪潮冲向我。我想我可能病了。

一时间，我迷失在一片赤热的薄雾中，什么也看不见了，我恨她。

……

我后来又遇到她两次，第一次我只是从远处瞥见她。秋天已经变成了严冬，12月中旬，下了一场大雪，每个人都很高兴，因为天气真是糟糕透了，我们终于不必再谈论它了。我在格拉夫顿街。这是在那条狭窄的、微微起伏的大道被步行街化毁了之前——步行街化这个词就像它的含义一样丑陋——路中央的公共汽车在被煤烟熏黑的积雪和冰冻的车辙之间横斜滑行，人行道上的女人们滑倒、尖叫、紧紧抓住她们男人的袖子。这一切给人一种令人捧腹的蠹政害民的感觉。下午三时左右，圣诞灯彩已经在霜冻的空气中闪闪发光，从比尤利东方咖啡厅的门口飘来了烘焙咖啡豆的香味，带着太阳般柔和的温暖气息。

当然，她是我认出的第一个人，在街道的另一边——我可怜的心脏一见到她就发出一种痛苦的嘎嘎声——过了一会儿，我才意识到和她在一起的是谁。他们手挽着手，斯蒂芬妮靠在他肩膀的凹陷处，像一条小船依恋避风河湾的下风岸。她穿着橡胶套鞋——当时人们仍穿橡胶套鞋——和一件很难看的毛皮领子的棕色外套。她的头裸露着。她微笑着，说了些什么，他像以往那样一本正经地点着头。这是菲茨莫里斯或菲茨莫利斯。他的名字，我这一刻刚想起，叫德斯蒙德（Desmond）。德斯蒙德：啊，是的，那个总是在我之前来到她家，又总是在我离开之前消失的绅士。他穿着他的黑色窄长大衣，迈着小碎步僵硬而庄严地走着——与其说是走路，不如说是巡游——看上去不可一世。突然间，我第一次意识到他和某个人惊人的相似之处——哦，我上了天堂的姨妈呀！——埃蒙·德·瓦莱拉[1]，是的，那个自鸣得意、圣徒一样的、长着鹰钩鼻子的"德夫"。而且我也看出了，他，这个菲茨什么来着，一直是她的男朋友，而我是——什么？谁也不是。什么也不是。一个多余而且很可能令人讨厌的不速之客，他们只是出于礼貌才容忍我的存在。难怪每当我在场时，刻耳柏洛斯这只地狱三头犬高兴得浑身颤抖！

我把脖子缩进外套的领子里，匆匆地往前走。

第二年夏天我又见到了她，这次我们说话了。那是六月的一个梦幻般的傍晚，低低的太阳在地平线上徘徊，似乎不愿落山，天空布满了纯白色的云朵，形状宛如马尾，远处淡紫色的山脉像舞台平面布景一样虚无缥缈。[*] 我们在菲茨威廉街相遇，正好在第一次遇见的那个夜晚灯笼剧场演出结束后她离开她的哥哥和我的那个地方。她正用一辆黑色大婴儿车推着她的小弟弟热尔韦斯。事实上，他已经不再是一个婴儿，而是一个体形巨大、面色红润、头重脚轻的，而且在我看来，是个有点粗野的蹒跚学步的孩

---

[1] 埃蒙·德·瓦莱拉（Eamon de Valera，1882—1975），20世纪爱尔兰杰出的政治家和政治领袖。1918年成为新芬党主席，1921年成为爱尔兰国立大学校长，1924年创立共和党，1937年使得爱尔兰自由邦与英联邦分离，成为一个主权国家，改名为爱尔兰。二战后成为爱尔兰共和国总统。

[*] 意大利的的里雅斯特（Trieste）是我所知道的与它类似的唯一一座城市：几乎每一条街道的尽头，山脉似乎轻飘飘地互相推挤在一起。

子——他将变得和他父亲一模一样,这是明摆着的。这一次,我们走在街道的同一侧。我们相隔很远就看到了对方,我们俩都犹豫不决,但是没有办法互相避开,除非我们转身朝相反的方向走。我停下来。她也停下来。她微笑着,故意以一种滑稽的方式歪了下身子,同时懊悔地略微耸耸肩,仿佛在说,哦,我想我们注定迟早会遇到的。我们谈话不超过一两分钟,尽管对我来说时间似乎要长得多,当然对她来说也是如此。在这种不期而遇的场合,我们经历了什么样的痛苦!她看起来很疲惫,眼睛里有一种一反常态的呆滞和回避的神色,眼睛下面有黑色的污迹。我询问她家人的健康状况。她转过脸去,眯着眼睛眺望那些遥远的梦幻般的青山,一边嘬着她的下唇。她告诉我,她母亲在圣诞节刚过不久就去世了。可怜的马格斯!那些烟酒最终要了她的命。我说我很难过,斯蒂芬妮又耸了耸肩,抬起一只肩膀,然后让它落下来。突然袭来的沉默,就像一口井里的冷水。热尔韦斯对这一耽搁不耐烦,愤怒地斜眼瞪了我一眼。"我最好是……"斯蒂芬妮说,然后她的声音逐渐减弱了。在现实生活中,事情就是这样结束的:一次耸肩,一个孩子的不耐烦,爱情带来的无法言传的痛苦——它灸热地压在你的胸骨后面,像一团火热的铅块。

我不知道她是否嫁给了菲茨什么来着。我不知道她是否过着幸福的生活,或者至少是并非不幸的生活。想来奇怪:她在某个地方,此刻,正在做些什么。想来更奇怪:她也许不在这里;她不在任何地方。

7 重获时间

我们——西塞罗和我——今天的计划,是来场类似报纸在追逐演艺圈明星的时日里经常兴奋地称之为旋风之旅的旅行。我们将从布莱辛顿街池塘(Blessington Street Basin)开始——或者按最初那样拼写为 Bason。这是一个水库,正式名称是皇家乔治水库,建于 19 世纪的头十年,为城市供应饮用水,持续运转到 20 世纪 70 年代。水源来自韦斯特米斯郡的奥威尔湖,流经皇家运河的一条支流——这条支流后来被填上了,因为要在水库之外与布莱辛顿街成直角的地方,造一条漂亮的绿树成荫的人行道。到 19 世纪 60 年代末期,水库太小,无法为城市提供足够的饮用水,除了它继续向詹姆森和鲍尔斯等酿酒厂供水,还有另外的供水安排。

我们从布莱辛顿街的一头开始我们的行程，停下来沿着低矮的斜坡钦佩地仰望水池那漂亮的大门，门里面矗立着一座仿都铎王朝式的小屋，让我想起了凯勒莫尔面包店的巧克力原木形大蛋糕。街道上仍然矗立着一些精致的乔治王时代和早期维多利亚时代的房子，其中不少房子仍有人居住，它们光亮的窗户向积习不改的爱管闲事的人泄露出中产阶级低调、舒适惬意的所有情调。我们绕着水池行走，水池的中心坐落着一个杂草丛生、有尖刺的、豪猪般的小岛，这里是大量野生动物的家园，包括天鹅和野鸭，还有一些明显是在宣示领地的鸽子，它们胖胖的，蹲在铁栏杆上，小而圆的眼睛狠毒地看着我们，好像在说：走开——我们先来的。

水池周围的区域从一开始就被规划为公园，是维多利亚时代的绅士和女士们散步的时髦场所。西塞罗一想到这个就笑了起来。到他知道这些的时候，已经是20世纪50年代末，"你不会想在这些地方散太多步的，我可以告诉你"。当我们走出原装的结实而漂亮的门,*进入布莱辛顿街区公园(Blessington Street Park)时——公园占去了填平的运河——他因兼容并蓄的住宅群惊喜地叫了起来,那些住宅包括工薪阶层的小屋,19世纪两三层的中产阶级房子,还有一个与周围环境完美融合的超现代的木制"单间公寓"。我们一致同意,如果这就是地区贵族化,那么请让我们有更多的贵族化——更多得多的。

西塞罗指着一条最初的鹅卵石巷道,让我注意两边平行的石板路,这样的设计是为了确保马车和手推车的车轮平稳运行。小巷一头的一片路面上的鹅卵石缺失了,取而代之的是一片敷衍了事的沥青碎石路面。西塞罗被激怒了。"他们怎么能这样做呢?"他嚷道,"那些缺失的鹅卵石应该用现代替代品取代,尽量与原来的设计和布局保持一致——但不要试图使它看起来像它原来的样子:修缮一向

---

* "看这花岗岩,"西塞罗说,一边用手指触摸着门框上粗糙的石块,"这种效果被称为荔枝面。石匠用尖锐的小锤子,笃笃笃。在那些日子里,他们知道如何处理材料。"就像在亨丽埃塔街的房子里一样,在这里他让我用手掌抚摸大铁门的表面,在几百年的黑色油漆下多疙瘩而温暖的表面,感受材料的重量和质量,以及工艺的可靠性。他确实喜欢精心制作的手工艺品,无论是他曾经展示给我的都柏林摩尔家具店大约于1760年生产的桌子——缎木、半月形、带轴环的锥形腿,木桌如同羚羊般轻盈沉着——还是像这样一扇实用的大铁门。正如托马斯·哈代希望成为的那种人,西塞罗是一个"注意到这类事物"的人。

应该忠实,让人们知道它们到底是什么样的。就应该这样做事情。"他瞪着凹凸不平的沥青碎石路面,摇摇头。"这是故意破坏,"他说,"政府赞助的故意破坏。"

我的思绪立刻回到了多年前的一个场合,我不记得是几年前,不过,我知道那是在 2008 年股市暴跌之前。那天,西塞罗带谢默斯·希尼[1]和我去上彭布罗克街的一家餐馆吃午饭,那家餐馆紧挨着充满美好的德拉海记忆的菲茨威廉广场。当时,谢默斯中风留下了后遗症,所有庆祝活动只要有谢默斯在场,就滑稽有趣,那次也不例外,不过也带有一种莫名的忧郁,一种蒙上阴影的甜蜜。西塞罗对文学创作过程非常着迷,于是向谢默斯询问诗人是如何创作诗歌的,而谢默斯虽然无法给出一个全面的答案——谁知道一首诗是怎么写出来的呢?——却一如既往地体贴周到、彬彬有礼。

我们走出餐厅已经是下午,外面狂风大作,晦暗莫测——我想不起来是春天还是秋天,因为在我的记忆中两者都有可能——西塞罗提醒我们要注意人行道,石板和石

---

[1] 谢默斯·希尼(Seamus Heaney, 1939—2013),爱尔兰诗人、剧作家和翻译家。获艾略特诗歌奖、毛姆文学奖、史密斯文学奖等重要奖项,1995 年因"其作品饱含抒情之美,以及对伦理的深刻理解,凸显了日常生活的奇迹和历史的现实性"而获诺贝尔文学奖,被称为"继叶芝之后最伟大的爱尔兰诗人"。

板之间会有缝隙。都柏林人行道的石板像都柏林的砖块一样色彩斑斓,而且有着错综复杂的独特魅力。当然,缝隙已经用碎石和沥青的混合材料填满了。西塞罗当场想出一个计划,要说服市政当局使用当代的威克洛花岗岩对整个城市的乔治王时代艺术风格的人行道进行全面维修。我认为这个计划该由国家彩票的资金资助,或者他可能设想公开募捐。我相信他甚至会把这个建议写了出来,提交给市议会或公共工程办公室。这是一个很好的计划,会给这座城市的历史广场和林荫大道增添许多质感,但是当然没有什么结果,因为不久之后,雷曼兄弟控股有限公司彻底倒闭,我们都破产了。

"哦,"我们和西塞罗分手之后,谢默斯对我说,"但他是个有伟大计划的人。"

……

从水池,我们驱车向南行驶至大乔治北街(North Great George's Street),这座城市最优雅和最接近完好无损的乔治王时代遗址之一,街道顶端巍峨耸立着贝尔维迪尔宫(Belvedere House),这幢房子是1786年为声名狼藉的乔治·奥古斯都斯·罗奇福特,第二代贝尔维迪尔伯爵

花,布莱辛顿街

敞开的门,布莱辛顿街

建造的,自19世纪40年代初被用作耶稣会学校——它是乔伊斯的母校。* 我们希望在科博尔特咖啡馆(Cobalt Cafe)停下来喝杯咖啡。它在这条街道一栋较宏伟的房子的底层,但是我上次去那里时一样,它已经歇业了。科博尔特曾是这座城市较为古怪的饮水处之一。下一次再去,也许……

我们正在去圆形大厅*医院(Rotunda Hospital)的路上,它位于帕内尔广场(Parnell Square),即原来的拉特兰广场。"圆形大厅"是以综合建筑群中与它毗连的一栋楼房命名的——那栋楼房最终将成为圆形大厅电影院,后来改名为"大使"——是世界上最古老的仍在运作的妇产科医院。它是由爱尔兰历史上真正令人敬佩的人物之一,外科医生兼"男助产士"巴塞洛缪·莫斯(Bartholomew Mosse)创立的,他于1745年在史密斯菲尔德市场附近的乔治巷一栋改造后的房子里开了一家住院医院,这是大英帝国第一家这样的机构。几年后,口袋里只有五百英镑的他在萨克维尔街,即现在的奥康奈尔街北端租了一大片地,然后开始建造一所新医院,医院由理查德·卡斯尔斯

---

* 我的一位朋友多年前遇到了贝尔维迪尔学院(Belvedere College)的退休教师兼神父之一,并在与他的谈话中不明智地提到了乔伊斯的名字。这激起了沉重的沉默,最后神父打破沉默,他清清嗓子,看着天花板,喃喃道:"啊,是的,乔伊斯。他不是我们的一个成功范例。"

* 对妇产科医院而言,还有比这更贴切的名字吗?

(Richard Cassells)设计。然而,后者在开工前几个月就去世了。在这座宏伟建筑的图纸上,最初医院建址计划在萨克维尔街的尽头结束,但是莫斯和无处不在的房地产开发商卢克·加德纳吵了一架,结果加德纳沿着萨克维尔街修建了现在的卡文迪什路(Cavendish Row),从而迫使莫斯把他的医院移到一边。

莫斯不仅是一位医学先驱,而且是一位非常成功的经理人。在医院后面的土地上,他建立了一个名为"新花园"的综合游乐园*——一位来自伦敦的游客说,它和沃克斯豪尔花园(Vauxhall Gardens)不相上下——里面有一个音乐厅和咖啡馆。莫斯利用花园的累积收益——大约 8000 英镑,在当时是一大笔钱——再加上政府的 6000 英镑补助金,建起了医院,他是第一任院长。"新花园"不仅是在商业效益上,在社会效益上也取得成功,因此,到了 18 世纪末,拉特兰广场成为河北岸最时尚的地区之一。莫里斯·克雷格告诉我们,18 世纪 90 年代,"这里居住着 11 位贵族、1 位凭本领获得爵位的女贵族、2 位主教和 12 位下议院议员"。

---

* 圆形大厅综合建筑群还包括大门剧院,这导致莫里斯·克雷格以其特有的有节制的风趣评论说,圆形大厅如何"永久巩固"了"产科学和休闲娱乐之间的紧密联姻"。

西塞罗约好了与现任院长费加尔·马龙教授（Professor Fergal Malone）见面，他热情地接待我们，并带我们参观了医院较为古老的部分，他对它的华丽壮观充满了热爱，这感染了我们。我们看到了最初的入口，我认为这是相当宏伟的，但克里斯廷·凯西在她有关都柏林的书中却对其嗤之以鼻，认为卡斯尔斯的设计——她称他为"卡索尔"（Castle）——"典型得沉闷"。大厅是一个立方体空间，不是很大，设计简单，这一定是为了让进入那里的孕妇们感到安慰和温暖，从而心情舒畅。在那个时代，富裕家庭的婴儿都是在像莫斯医生这样优秀的男性助产士的照顾下在家里接生的，而他设立医院的目的是为了治疗城里的穷人。

埋藏在医院最深处的是小礼拜堂，克里斯廷·凯西将其形容为"（18世纪）爱尔兰最迷人的教堂内部"，还兴高采烈地形容它是"中年妇女发福的身躯上一颗不协调的肚皮宝石"。这是一个双层高的正方形空间，有彩色玻璃窗，三面都有锻铁游廊。我们通过一条短短的通道进入，通道的左右两侧是忙碌的产科病房，每个病房有12张床位，被12位母亲和她们的孩子所占据。教堂里昏暗宁静，外面的妇产科医院忙碌不停、喧闹不休，二者的反差，足以让人头晕目眩。

7 重获时间

西塞罗可以告诉我,在过去美好的日子里,吉尼斯啤酒厂曾经为医院里的每个病人每天免费提供一小杯烈性黑啤酒。灌进宝宝的嘴里……

除了出生在这里,西塞罗与"圆形大厅"还有一种私人联系。在一条内部走廊的墙上,挂着一幅沃尔特·韦德医生(Dr. Walter Wade)的油画肖像,他也是一位外科医生兼男助产士,18世纪末在这座城市执业。这幅画是西塞罗赠送给医院的,就像一块铜牌上所公告的那样。多年前,他在拍卖会上以数英镑的价格买下来。"想起来很奇怪,"我们站在那里凝视着画像时,他说,"等我去世很久以后,它仍将挂在这里,上面写着我的名字……"这个想法让人不禁有些沮丧,又有些欣慰,特别是在这个分娩的宫殿里。

在画像中,韦德医生的手指间握着一朵粉红色的玫瑰花蕾,这似乎有点奇怪。当西塞罗解释说,韦德是都柏林学会的植物学教授时,这种不协调感瞬间消散——该学会成立于1731年,现在被称为皇家都柏林学会。韦德为争取建立公共植物园而组织活动,并于1790年正式向议会提出请求。1795年，政府从诗人托马斯·蒂克尔（Thomas Tickell）*手中买下了他位于格拉斯内文的房子和庭院，并把它们捐给了学会。韦德成为国家植物园的第一任园长，西塞罗和我接下来就要去那里。

当我们开车上格拉斯内文山时，西塞罗告诉我，这里曾经被称为洗衣妇之山，因为以前这儿是妇女们在托尔卡河畔洗衣服的地方。乔纳森·斯威夫特曾住在这里。在模范学校（Model School）对面，另一位作家，英国人约瑟夫·艾迪生[1]也曾住在这里，他是斯威夫特的朋友，也是18世纪初爱尔兰议会议员。西塞罗有一枚漂亮的、刻有艾迪生肖像的纪念章，这枚印章可以追溯到他在爱尔兰逗留时。

他向我吐露，他是在植物园里得到女孩的初吻的。我想知道详情，但他摇摇头。他还回忆说，那时他还是一个

---

* 我们不禁怀疑，当贝克特在他早期的小说《莫菲》（*Murphy*）中虚构"奥斯汀·蒂克尔彭尼（Austin Ticklepenny），大麻诗人，来自都柏林郡"的形象时，脑子里想到的是不是这个蒂克尔。虽然刻薄的人们认为，蒂克尔彭尼是对奥斯汀·克拉克（Austin Clarke）的恶意讽刺。

[1] 约瑟夫·艾迪生（Joseph Addison，1672—1719），英国散文家、诗人、剧作家和政治家。曾在牛津大学求学和任教，并去欧洲大陆旅行多年。担任过南部事务部次官、下院议员、爱尔兰总督沃顿伯爵的秘书等职，与斯蒂尔合办《闲话报》（1710）和《旁观者》（1711）等刊物，写有诗篇《远征》、悲剧《卡托》以及文学评论文章等。

十几岁的少年，植物园——俗称"博茨"——曾经种植大麻植物，而且他不止一次偷偷摸摸地采集了足够卷一两支大麻烟卷的材料。

植物园现任园长马修·杰布当天下午不在，但是管理员保罗·马厄热情接待了我们，他邀请我们进入他位于庭院内一个僻静角落的办公室。这个房间天花板很低，但很宽敞，看起来不像植物学家的总部，而更像奇怪但迷人的船长客舱，主要是因为里面到处摆放着复杂的古董仪器：一个古老的黄铜气压计，还有一个装订工用的铸铁压纸机，甚至连保罗也无法解释为什么会有这个东西。他向我们展示了很多东西，包括一个大本子，里面载有每日的天气记录，上面的笔迹工整无瑕，可追溯到植物园最早的时期。他还展示了一颗猴面包树的坚果，是由他的植物学家女儿从非洲带给他的，它的大小像一颗加长的椰子。他向我们展示了他自己站在猴面包树下的照片，树有三四层楼那么高。如果我们和他都有时间的话，他会告诉我们 100 万件事，并向我们再展示 100 万件东西。

我想我从来没有见过一个人，像保罗·马厄那样对工作如此满意，如此热情地致力于工作的各个方面。他告诉我们，早在 20 世纪 80 年代，他请了三年的假期来经营自己

植物园的棕榈屋

的园林设计公司。生意成功吗?我们问。他回答说,是的,很成功,但事实是,他"惦念那些植物",于是不得不回到植物园,重拾他心爱的工作,重回他非常舒适的办公室。幸运的人。

下午的时间在流逝,我们也应该继续前进。不过,首先,我必须参观一下世界上我最喜欢的建筑之一。

植物园的大棕榈屋建于1884年,是玻璃、钢铁和木结构的通风的建筑精品;它的前身在大风中被吹倒,这一座是由吃苦耐劳的苏格兰人在佩斯利(Paisley)镇建造,然后运到这里,天知道是通过什么方式。这建筑看上去应该经久耐用,它也确实做到了,一直坚持到千禧年,那时它已经年久失修,不得不对公众关闭,直到五年后经过彻底修复才重新开放。

用怀疑的眼光来看,它不像地球上的任何东西,至于它里面的东西……当我们第一次进入的时候,"巨大"这个词跳入——更确切地说,缓慢而笨拙地挪入——脑海,我们发现自己置身于这么多巨大的树木之中,树木在一片热雾中挤在一起,它们巨大的耳状叶子向我们倾斜,仿佛在恳求一句安慰的话,或者至少是解释的话。它们似乎在问,它们是怎么来到这里的,默默地挤在这广阔而明亮的空间里,离充满尖叫的丛林如此遥远?高耸、巨大而无助,它们是否可能曾经幼小——它们曾经是树苗?不是它们与我们格格不入:不,是我们与它们格格不入,一对小人国的居民,面对一群格列佛,它们扎根在沙地里,脚踝周围裹着毛茸茸的厚厚的旧袜子。*

在这水汽十足的新鲜空气中,我们有一种在海底的感觉,而当我们在岿然不动的树叶下漫步时,我们似乎懒洋洋地漂浮在一条缓慢而温热的溪流中。在我们头顶上,在那些繁茂的叶子中,有条高高的人行道。穿孔金属板制成的狭窄平台,一定是通向跳水板的。即使突然有一个水花溅起,然后,一位游泳者沿着弧线快速移动过来,从我们身边掠过,嘴巴像鱼嘴一样一开一合,他的双手——他的手掌!——在头顶上合在一起,我们也不会感到惊讶。

而且有这么多的玻璃,一格又一格,既有平面的,又有弧形的,全都因为蒙上了薄雾,而看不真切。夏日的阳光从四面八方照进来,使湿透的空气闪闪发光,并把它染成了浑浊的金色。我们想到那些穿着庄重礼服的绅士们,颊旁留着长髯,八字胡须经过精心修剪,是他们设计和建造

---

* 阿米莉娅·斯坦(Amelia Stein)在这里拍摄了精彩的照片——见她极好的著作《棕榈屋》(*The Palm House*),小人国出版社(Lilliput Press)出版。

了这个完全标准测量又完全疯狂的充满幻想力的作品,这个快乐的观景台。谁说维多利亚时代的人很无趣?你看,它矗立在这里,这座富丽堂皇的游乐场所,让这座城市为之欢欣高兴,为之敬畏,为之畏惧。当然,我们作为同一种生物,不可能都不明智,也许我们该想想,建立这个通风的气泡型建筑,并用这些神秘又可爱十足的庞然大物填满它是不是正确的,有没有必要。

而且,瞧,还有维特根斯坦的纪念牌匾。我好奇他怎么看这些棕榈树。也许,因为陷入沉思,他甚至没有注意到它们。

……

然而,这一天的疯狂行程仍在继续。接下来,我们匆匆赶往林森德(Ringsend)*和南部港区(Docklands),特别是去了那个地点,在西塞罗居住的那条路的尽头,多德河、大运河和利菲河都在那儿汇合。这里有三座宏伟的船闸:威斯特摩兰(Westmoreland)、白金汉(Buckingham)和卡姆登(Camden)。船闸于1796年开启,这一盛典在威廉·阿什福德(William Ashford)的油画《林森德码头开幕,都柏

---

* 见附录二。

林1796年》("The Opening of Ringsend Docks", Dublin 1796)中得到颂扬,这幅画可以在爱尔兰国家美术馆看到。船闸仍在运转,由船闸管理员乔治·布赖尔利和他的儿子史蒂芬管理,尽管最后一艘货运驳船在运河上航行的时间已能追溯到1960年。

我们停下来欣赏这些优雅的花岗岩槽,但我们真正的目的地是附近的一对干船坞,它们甚至更加优雅,很遗憾现在已经被废弃,并且隐藏在杂草和水草丛生的临时围栏内。它们的形状有点像老式的浴缸,朝一端逐渐变细,用花岗岩石块呈阶梯状建造——整体效果让我隐约想到希腊的圆形剧场。在那个较大的船坞内,滞留着"圣安娜号"货船生锈的残骸,它愁闷地蹲在一片死水中,就像一只受伤的笨拙水鸟。

西塞罗向我解释都柏林运河的不幸历史。它们的建造耗费了巨大的人力和财力,目的是为了把东部的首都和西部的香农(Shannon)连接起来,从而开放东、西海岸与内陆地区进行贸易。但是,由于爱尔兰没有煤炭,没有海外殖民地,所以也没有工业革命,商人和制造商们所预见的运河计划背后的巨额利润从来没有实现。然后有了铁路,这意味着货物可以在几个小时内从国内的一端运到另一端,

"圣安娜号"货船

而不是像水路那样需要走好几天,而这几乎宣告了运河使命的终结。其结果是许多大大小小的投机者陷入了财务危机。万变不离其宗……

然而,西塞罗,这个善于计划的人,对这两座干船坞的未来有一个展望。他打算排干水、翻新,盖上半透明的天蓝色防风雨屋顶,把它们打造成一个广阔的空间,称为"阿格拉"(Agora),这个词在古希腊语里意为城市集会区,它将对所有人开放。在这里,将举行音乐活动,举办市集,经营溜冰场,开设品牌临时店,将有深夜电影秀,庞大的社交聚会,等等——换句话说,整个地区都将得到振兴。这是一个大胆的展望,令人兴奋、有远见,而且根据西塞罗的说法,只要得到市政府的一点鼓励,并与业主爱尔兰航道(Waterways Ireland)公司达成一笔交易,就是完全可行的。当我们沿着汉诺威码头(Hanover Quay)走回去,经过原来的罗利自行车厂时,他向我描述了这一切。自行车厂已改建为爱彼迎的欧洲总部。资本主义以多种形式出现……

西塞罗的房子后面正对着一片广阔的水域,水来自与利菲河汇合之前的大运河。当我们出现在水边时,一艘经过翻修的利菲渡船正在停靠。这艘渡轮是现存的最后一艘,船长里奇·桑德斯打捞并修复了它。里奇要带我绕着

涂鸦之一,汉诺威码头

涂鸦之二,汉诺威码头

这片水域转一圈——那天好像又回到了从前的 12 月 8 日,而我好像还是个孩子,期待着一次乐事。我们上了船,里奇跟我们讲述,在船坞和其他所有东西一样,变成机械操作之前,渡轮曾经运送数以百计的船坞工人来往于河两岸。当我们经过一条通往谷歌爱尔兰公司的狭窄街道时——又是崛起的资本主义——里奇笑着告诉我,他和他的同伴们星期四经常在这里停泊,上岸去附近的邮局领取养老金。

我们从一座桥下驶过,桥斜靠在上面的道路上,我们观看拱门上精致的石砌,所有的石头都沿着拱门的弧度进行切割和拼接。有多少次我从桥上走过,却没有意识到这个宏伟的石匠艺术的范例隐藏在下面?世界上的诸多东西都在我们面前隐藏起来。

"我们可以从这里去香农。"里奇对我们说,眼神中充满了渴望。那将是一次多么美好的旅行!

......

我们的旅行结束了,实际上是我们所有的旅行都结束了,是时候喝一杯告别酒了。我们开车到了普尔贝街(Poolbeg Street)—— 这将是我在红色小跑车上的最后一

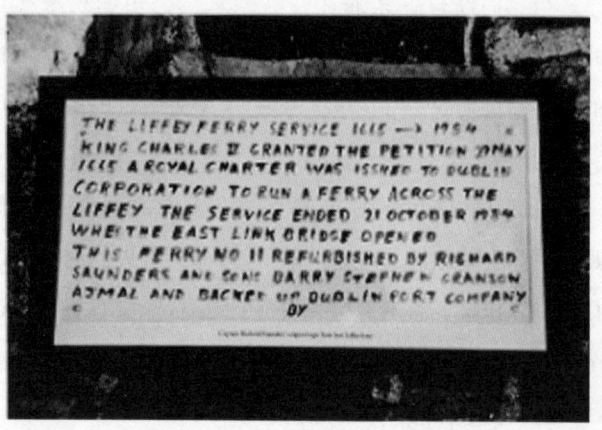

里奇·桑德斯的利菲渡轮上的信息布告牌

次狂欢,至少就目前而言——在马利根酒馆停下来。这家精致的老酒馆最初于1782年开在托马斯街,1854年搬到现在的地方。这是一个安静的下午,我们坐在门边的一张小桌子旁。阳光明媚,尘埃在空中飘动。我觉得自己就像奥德修斯,终于回到了伊萨卡,但一切都井然有序,没有篡权者需要被屠杀。我感觉——是的,我感觉很自在。我意识到,在西塞罗和都柏林共同的努力下,我得以自由地在这座城市里徜徉。我提议干一杯,只因我们在此——"因为此间很丰盛"——我对着门口的阳光微笑,虽然我知道这微笑恐怕会显得我很傻。一道影子落下来,谁进来了——没有所谓的巧合——除了我的长子,我最先出生的孩子,还能有谁,他现在是个男子汉了,人到中年,个子比我还高。他正在下班回家的路上,停下来喝杯啤酒,就像我父亲多年前那样,在另一个世界,在另一个时代。

时间啊,时间啊,我们去过什么地方——你还要带我去哪里?

巷道

附录一

你有没有想过,在那些巨大的乔治王时代艺术风格的建筑下面是什么?以下是莫里斯·克雷格对詹姆斯·甘登的杰作之一——利菲北岸的海关大楼——的描述:

> 甘登决定不打桩。取而代之的是,他把围堰(offerdam,请查字典)内的空间抽干,使其平整,铺上割下的大量欧石楠,在这上面覆盖上梅默尔木材(Memel timber,别合上那本字典)制作的巨大格栅,其中每格一平方英尺。然后,他在空隙中填充上好的砖块,混合捣碎的罗奇石灰和砂浆,再用四英寸的冷杉木板覆盖整个空

> 间。再铺上一层粗糙的山地花岗岩，里面嵌入一条链环为四英寸长两英寸半宽的铁链，链环与铅一起浇铸，铁条上覆以由蜡、树脂和石屑组成的胶合剂。普通花岗岩层将工程地基填充至地平面。在朝正南面的其他地方，格栅上覆盖着都柏林灰蓝页岩。时间证明了甘登结构的坚固性，但在建设期间，他遭到一些业余建筑师们的轻率批评，但他们后来都目瞪口呆地向下凝视着漆黑油腻的深处……

西塞罗告诉我，甘登在建海关大楼的时候遇到了如此强烈的反对，以至于他不佩剑就不会冒险去现场。爱尔兰裔美国建筑师凯文·罗奇（Kevin Roche）——他设计的会议中心位于甘登杰作的下游——被这件事逗得开怀大笑。为此，西塞罗赠送了他一把18世纪在都柏林锻造的剑，这剑现在仍然挂在"罗奇、丁克洛合伙人公司（Roche Dinkeloo Associates）"的纽约办公室里。

附录二

我听到林森德——"多德河上闪耀的宝石"——的名字时,总是会想到我最喜欢的都柏林民谣《约翰尼·道尔》("Johnny Doyle")或称《健忘的水手》("The Forgetful Sailor")。我曾经以为它的歌词是由那位伟大的歌手,已故的弗兰克·哈特(Frank Harte)所写,但是爱尔兰传统音乐档案馆名誉馆长尼古拉斯·卡罗兰告诉我,事实上这是詹姆斯·吉米·蒙哥马利的作品,他是爱尔兰第一位电影审查员,于1923年至1940年担任该职务。作为一个虔诚的天主教徒,他曾宣称,身为审查员,"我以摩西十诫为我的行为准则。"谢谢你把我们的父辈从好莱坞的道德沦丧中拯救出来,吉米。

这首歌的歌词如下:

约翰尼·道尔或健忘的水手

你们这些丹·奥康奈尔家族的子孙,请听我哀伤的小曲,

这是一个关于水手小子的故事,他的出生地在都柏林城。

我的歌只是为了讲述一个有虔诚寓意的故事,

故事从卡莱尔桥开始,最后在珊瑚岛结束。

一个闷热的季节,一艘纵帆船从乔治码头出发,前往外国海域,

岸上,站立一位少女,像一个失去理智的人放声哭泣。

"哦,约翰尼·道尔,我对你的爱是真的,却充满了深深的悔恨,在这种悲惨的情况下,邻居们会怎么说我呢?"

绞盘转动,帆儿展开,纵帆船沿着利菲河疾驶而下,

这姑娘发出刺耳的尖叫,她很快就要成为一位母亲。

船儿经过港口酒吧,驶向异国水域,

前往中国。那里,人们非常聪明,多余的女儿一出生就被溺死。

现在,年复一年,玛丽的孩子可以自立了,

当这个年轻的小伙子出去求爱时,玛丽的心快要碎了。

于是她说:"在一个晴朗的日子,他会离开,让我悲伤忧郁;我要穿上水手服,去七大洋搜寻约翰尼。"

她在一艘海盗船上当船员,海盗船袭击了炎热的赤道,

和这些毛茸茸的海盗们一起,这群可爱又善良的人在那里航行。

船长认为她的名字是比尔,他的性格非常邪恶。

与这头可恶的野兽厮混,她的处境岌岌可危。

那是在萨拉戈萨海,两艘潇洒的三桅帆船

悠闲地起伏,

玛丽午夜值勤,巡逻后甲板。

她冷静地观察邻近的船只,突然兴奋起来,

因为约翰尼·道尔穿着华丽的衣服站在镀金的船尾。

现在,他们又回到了甜蜜的林森德,多德河上闪耀的宝石。

他过着宁静的商人生活,做燕麦和饲料生意。

婚后,她是道尔太太,经营着一家卖荔枝螺的摊子,

当约翰尼听到一个孩子快要出生的消息时,他的一只眼睛闪烁着欢乐的光芒。

现在他们有十个孩子,玛丽的心像一只红雀在歌唱,

因为约翰尼不再是狂野的年轻小伙子,他平静了下来,她也不用再像以前一样容忍他。

现在,他们在甜蜜的林森德生活得很幸福,他们再也不会航行去外海,

因为约翰尼·道尔,他忙得不可开交,他有五个强壮的儿子和五个可爱的女儿。

致 谢

以下几本书对我写《时光碎片》有很大帮助。

Dublin 1660-1860, by Maurice Craig, Cresset Press, 1952.

The Buildings of Ireland: Dublin, by Christine Casey, Yale University Press, 2005.

Georgian Dublin: The Forces that Shaped the City, by Diarmuid Ó Gráda, Cork University Press, 2015.

Remembering How We Stood, by John Ryan, Lilliput Press, 2008.

Prodigals and Geniuses: The Writers and Artists of Dublin's Baggotonia, by Brendan Lynch, Liffey Press, 2011.

热烈地感谢雷蒙德·贝尔、史蒂芬·布赖尔利、乔治·布赖尔利、尼古拉斯·卡罗兰、西娅拉·康西丁、玛格丽特·克林、丽塔·克罗斯比、冯尼·埃文斯、琼·汉利、海伦·汉利、保罗·马厄、费加尔·马龙教授、海伦娜·戈韦亚·蒙蒂罗、里奇·桑德斯、路易莎·斯托尼,以及皮尔斯街图书馆的工作人员。

本书的一些片段最初以不同的形式出现于《城市公园:公共场所,私人思想》(*City Parks*:*Public Places*,*Private Thoughts*),该书由凯蒂·马龙策划和编辑,配有奥贝尔托·吉里拍摄的照片,2013 年由哈珀·柯林斯出版社出版。此外,书中的某些片断还出现于《儿子+父亲》(*Sons*+*Fathers*)一书,该书由凯西·吉尔菲兰编辑,2015 年由爱尔兰临终关怀基金会(Irish Hospice Foundation)出版。

授权致谢

作者和出版社感谢以下各方允许在《时光碎片》中使用其素材。

约翰·班维尔的小说《牛顿书信》(Picador,1982)的节选,Picador 善意授权。

帕特里克·卡瓦纳的诗歌《在都柏林大运河旁的座椅上写下的诗行》,已故的凯瑟琳·B.卡瓦纳的遗产受托人善意授权,其经由乔纳森·威廉姆斯文学代理公司联系。

菲利普·拉金的诗歌《下一个,请》(出自诗集《较少受骗者》[*The Less Deceived*],1977年),Faber & Faber Ltd. 善意授权。

菲利普·拉金的诗歌《现在叶子突然失去力量》(出自《诗集》,2003 年),Faber & Faber Ltd. 善意授权。

图书在版编目(CIP)数据

时光碎片:person 班维尔记忆/(爱尔兰)约翰·班维尔著;岑骏译.—南京:南京大学出版社,2019.11(2022.3 重印)
ISBN 978-7-305-07522-3

Ⅰ.①时… Ⅱ.①约… ②岑… Ⅲ.①随笔—作品集—爱尔兰—现代 Ⅳ.①I562.65

中国版本图书馆 CIP 数据核字(2019)第 191410 号

TIME PIECES
Copyright © 2016 by John Banville and Paul Joyce
Simplified Chinese Edition Copyright © 2019 by NJUP
All rights reserved.

江苏省版权局著作权合同登记 图字:10-2018-219 号

出版发行	南京大学出版社		
社　　址	南京市汉口路 22 号	邮　编	210093
出 版 人	金鑫荣		

书　　名　时光碎片:班维尔记忆
　　　　　 [爱尔兰]约翰·班维尔 著
著　　者　岑骏 译
责任编辑　董颜颜
照　　排　南京紫藤制版印务中心
印　　刷　江苏凤凰盐城印刷有限公司
开　　本　787×1092　1/32　印张 7.5　字数 110 千
版　　次　2019 年 11 月第 1 版　2022 年 3 月第 2 次印刷
ISBN　978-7-305-07522-3
定　　价　49.00 元

网　址:http://www.njupco.com
官方微博:http://weibo.com/njupco
官方微信:njupress
销售咨询:(025)83594756

* 版权所有,侵权必究
* 凡购买南大版图书,如有印装质量问题,请与所购图书销售部门联系调换